지구 온난화의 미래

지구 온난화의 미래

발행일	2023년 9월 18일		
지은이	박선호		
펴낸이	손형국		
펴낸곳	(주)북랩		
편집인	선일영	편집	윤용민, 배진용, 김다빈, 김부경
디자인	이현수, 김민하, 안유경	제작	박기성, 구성우, 배상진
마케팅	김회란, 박진관		
출판등록	2004. 12. 1(제2012-000051호)		
주소	서울특별시 금천구 가산디지털 1로 168, 우림라이온스밸리 B동 B113~114호, C동 B101호		
홈페이지	www.book.co.kr		
전화번호	(02)2026-5777	팩스	(02)3159-9637

ISBN 979-11-93304-49-5 03810 (종이책) 979-11-93304-50-1 05810 (전자책)

우리 삶을
송두리째 바꾸는
기상 이변에 대한
이해와 대응

지구
온난화의
미래

박선호 지음

북랩

서문

세계 마천루의 상징인 미국의 뉴욕과 이탈리아의 수상도시 베네치아를 방문했을 때, 두 도시에서 진행하는 특별한 공사에 대해 깊은 인상을 받았다. 해수면 상승으로 인한 인공 해수 물막이벽 설치공사 현장이었다.

베네치아는 석호 입구에는 해수면 상승과 홍수를 예방하는 시스템(MOSE)이 있는데, 78개의 인공차단벽으로 평상시에는 바닷속에 잠겨 있다가 해수면 상승이 130cm 이상이 예측되면 최대 3M 높이의 조수를 차단할 수 있도록 설계되어 이미 설치가 완료되었다. 미국은 뉴욕 맨해튼을 보호하기 위하여 도시의 해안선을 따라 방벽을 둘러치고 인공적 해수 차단벽을 수조 원의 예산을 투입해 도시보호 프로젝트에 돌입하고 있다.

인도네시아는 자바섬의 자카르타 수도를 1,000㎞ 이상 떨어진 보르네오섬의 동칼리만탄 지방으로 옮기는 작업을 2045년까지 완료하겠다고 발표했다. 2050년에는 현재 수도 자카르타의 30%~50%가 바다에 잠기어 수몰된다는 예측에서다.

가장 먼저 위기를 느끼는 국가는 당연히 해안에 있는 섬나라들이다.

태평양 마셜 제도와 인도양 몰디브 등 다수의 섬나라가 해수면 상승으로 인해 국토 전체가 바닷속으로 수몰될 위기에 처해 있다.

몰디브의 경우 국가 예산의 50% 이상을 해수 방벽과 산호초 보호 등 한마디로 기후 변화에 대한 생존을 위해 모든 것을 걸고 있다.

이 글을 쓰는 이유는 이런 해수면 상승이 인류 전체가 당장 생존이 힘들 만큼 위협적이라는 공포심을 유발하려는 것이 아니라, 지금 전 세계인이 매일 보고 느끼는 기후 현상이 예전과 사뭇 달라지고 너무도 빠르게 변화하기 때문에 지금 예방하면 모든 걸 막을 수 있을 것이라는 신념 때문이다.

극과 극을 달리는 현상들. 한쪽은 가뭄에 다른 한쪽은 폭우와 홍수, 길어진 장마. 남극·북극의 빙하가 녹아내리고, 에베레스트, 알프스, 킬리만자로, 로키산맥, 남미 안데스 등 대륙을 가리지 않고 만년설이 점점 줄어들고 사라지는 현상. 초대형 산불에 점점 커지는 토네이도. 대형 우박과 사막화, 아열대화 기후화의 확장, 해류의 이동 둔화 등 점점 자연이 보내는 신호는 우리들의 삶의 질을 떨어뜨리는 현상들로 나타나고 있다. 그러므로 더 이상 나쁜 방향으로 가지 않도록 원인을 알고, 그 해결책에 우리나라 전 국민을 포함한 전 세계 모든 국가가 동참하고 실천하는 것이 유일한 해결책이 아닐까.

우리 인류가 선사시대 석기시대를 거쳐 오며 마을을 만들고 정착하여 짧은 시간에 농경사회를 이루었다. 현재 산업혁명의 역사는 서양은 300년, 우리나라는 불과 50~60년에 이룩한 것이다.

이 기간에 이루어진 석탄과 석유, 천연가스 등 화석 연료의 과다 사용으로 인한 이산화탄소(CO_2) 배출의 결과로 현재는 지구온난화의 위기에 직면해 있다. 하지만 다 같이 노력하면 기후 위기도 충분히 극복할 수 있다는 희망이 있다. 긴 지구의 역사에 비해 짧은 시간에 위대한 문명을 이룬 인류가 아닌가. 이 위기의 전조 증상을 잘 파악하고 전 세계가 힘을 합친다면 충분히 해결할 수 있으리라고 본다.

그러나 많은 기후학자, 생물학자들은 곧 지구가 멸망할 것이다, 호모 사피엔스가 더 이상 지구의 주인이 아니다, 제6차 대멸종의 시간이 다가왔다 등의 섬뜩한 경고를 앞다투어 쏟아내고 있다.

다소 표현이 자극적이긴 하지만, 환경보호와 화석 에너지 사용 줄이기 등을 하루빨리 실천해야 한다는 긍정적 표현으로 받아들이면 좋겠다.

그러면 이런 위기 상황에 UN과 국제기구는 무엇을 하고 있고 세계 여러 나라는 어떤 해결책을 찾고 있는지 궁금하지 않은가?

이미 합의는 여러 차례 이루어졌지만, 실천이 문제이다. 2015

년 11월 세계 195개국이 모인 유엔 기후변화 회의에서, 현재 지구 평균 온도 상승폭을 산업화 이전 대비 1.5~2℃ 이하로 유지하도록 노력하기로 협의했다. 최종적으로는 세계 모든 국가가 이산화탄소 순 배출량 제로(0)를 목표로 제시하고 있다.

한국은 2030년까지 전망치 대비(BAU) 37%의 온실가스 감축을 목표로 하고 있고, 유럽 연합은 40%, 미국 28%, 중국은 GDP 대비 배출량 기준 65% 감축 목표를 제출했다. 나라별 다소 차이가 있지만, 2050년에는 탄소 배출량 제로를 목표로 하고 있다. 그러나 2017년, 미국 트럼프 전 대통령은 이 기후 협약이 미국 경제를 침체시킨다는 이유로 탈퇴했다가, 바이든 대통령이 당선되면서 기후 변화 협약에 재가입했다.

이처럼 강대국들이나 각 나라가 자국의 경제 개발 등 여러 문제로 국제적 합의가 흔들리면 이 실천 전망은 다소 불투명해질 수도 있다는 생각이다.

사실 필자는 기후 전문가가 아니다. 그러나 산업현장에서 많은 관심을 가지게 되었다.

그 이유는 한 분야를 관심 있게 바라보게 되어서이다. 1993년부터 울산의 현대중공업 사내 협력사에서 근무하면서, 세계 선박 발주처 바이어들이 어떤 종류의 선박들을 주문하고 사 가는지 보게 되었다. 원유 시추 장비를 보면 낮은 바다 대륙붕 지역에서 사용하는 장비에서 점차 깊은 심해 채굴 장비로 주문이 변화하는 현상들을 보면서 세계 에너지원의 변화하는 모습을 읽을 수 있었다. 더불어 화석 에너지와 원유의 세계 사용량에도 자연히 많은 관심을 가지게 되었다. 그러던 중, 2010년 4월 20일 미국 멕시코만에서 발생한 해상원유 시추선의 폭발이 있었는데 미국 역사상 최악의 해상 기름 유출 사고였다.

엄청난 원유의 유출이라는 환경 재앙으로 인해, 심해 유전 채굴을 금지하는 오바마 대통령의 선포가 이어졌고, 그 영향에 힘입어 2015년 COP21(제21차 유엔 기후변화 협약 당사국총회)에서 '2030년 점진적 탄소 중립, 2050년 탄소 중립 제로'를 선언하는 파리 기후 변화 협약이 선언되었다. 이를 보면서, 이제 석탄과 석유의 시대가 저물고 그 연관 산업도 큰 영향을 받겠구나 하는 예측을 할 수 있었고, 미래 에너지 지도를 읽을 수 있었다.

이런 세계적 협약은 각 나라의 국가 에너지 정책을 변화시켜서 산업의 생태계를 송두리째 바꾸는 전환이 시작되었다. 그 실례로 지금까지 석유 시추선을 제작해 왔던 중공업 분야의 각 사업부는 2015년 이후 발주가 거의 없어, 업종 전환되어 LNG선 등 다른 제품생산으로 옮겨갔다.

탄소 중립을 위한 실천 사항으로 많은 산업 분야에서 구조조정과 업종 전환 등 변화가 많이 일어나더라도 미리 준비하면 모든 이에게 오히려 큰 기회의 장이 될 것이다.

그리고 서두에 말한 해수벽 설치는 근본적 해결책은 아닌 단기 처방에 불과하다. 더 이상 지구 평균 온도가 상승하지 않도록 탄소중립의 실천이 급선무이다.

세계 각국에는 우리 인류가 만들어 놓은 세계문화유산이 얼마나 많고 소중한가. 이것을 지켜나가고 미래 세대에 고스란히 넘겨줘야 하지 않겠는가?

또 우리나라뿐 아니라 전 인류는 최근 산업혁명기 이전 수천년 전부터 이룩한 소중한 문화유산이 세계 곳곳에 너무나 많은 곳에 존재한다. 이런 소중한 문화유산을 잘 보전해 나가야 하지 않겠는가? 각종 기후 위기는 홍수와 산불, 산사태, 지진, 태풍, 해수면 증가 등 여러 형태로 나타나 우리 삶의 터전과 소중한 문화유산마저도 위협하고 있다.

이 책은 기후 위기가 어떻게 시작되어 앞으로 어떻게 흘러갈 것인지 언급하였다. 그리고 탄소 중립 실천을 위한 방법들과 현황들에 대한 스케치와 평소의 손 글씨 자료를 그대로 간략하게 표현했다. 그리고 평소 여행이나 관심 있게 보았던 분야에 대한 스케치와 손 글씨도 함께 실었다.

그리고 대한민국 산업의 60년의 짧은 역사를 함께 한 베이비붐 세대의 긴 노후를 어떻게 건강히 보낼 것인가에 대해서도 언급하였다.

차례

1부 기후 위기

2부
긴 노후 어떻게 건강하게 보낼 것인가

1부

기후 위기

1.
기후 변화 앞에 우리 모두 다 함께 깊이 생각해 보기

B10 오피니언 1643호 · 2023년 8월 18일 금요일 남해신문

기고

기후변화 앞에 우리 모두 다함께 깊이 생각해 보기

박 선 호 (설천면 향우)
해양기술 대표
인하우스 건축 대표

우리가 사는 이 지구가 하나의 큰 우주선, 큰 배이고 우리는 이 배에 함께 탄 승객들이라고 곰곰이 생각해 보자.

사실 우리 지구는 놀랍게도 매일 360도 자전하며 밤낮을 만들고, 태양 주위를 공전하면서 봄, 여름, 가을, 겨울 1년 사계절을 만든다. 또 이 지구는 우주에 생명이 살 수 있는 유일한 행성이며 수많은 은하계 중 태양계라는 작은 행성 무리 속의 작은 별이다. 생각해보면 그 얼마나 축복인가? 이곳에 한 배를 탄 승객으로 만난 이 인연이 ….

요즈음 날씨가 지난해 다르고 올해가 또 다르게 변해간다.

올여름 장마 기간 전국적으로 많은 폭우와 산사태 피해를 입었고 지금도 한참 복구작업을 진행 중인데 또다시 태풍이 우리 한반도를 관통하고 지나갔다.

이제 여름철은 장마와 폭우, 가뭄, 폭염과 태풍 등 극과 극의 기상조건으로 아수라장으로 변해가는 듯하다. 가장 두려운 것은 이것이 일상화되고 점점 강도가 커져간다는 점이다. 이러다 정상적으로 농사를 짓고 바다에 나가 어업을 하는 생업유지가 정상적으로 될까 걱정이 앞선다. 농사를 망치면 당장 먹거리가 걱정이요 농산물 가격은 올라서 우리 일반 주민들의 살림살이가 더욱 어려워지는 것은 당연한 일이다.

최근 들어 왜 이렇게 극심하게 환경이 나빠지고 지구가 뜨거워지는지 그 분명한 이유를 궁금해하는 사람이 많아지고 있는 것 같다. 필자가 알고 있는 범위 내에서 기후와 우리 삶의 미래에 대해 몇 마디 말씀드리려 한다.

저는 올해 59세로 남해군 설천면 문항리에서 태어나 13년을 남해에서 살았고 또 일 때문에 46년을 이곳저곳 여러 도시에서 살고 있다. 그중에서 22년을 ㅇㅇ중공업 해양사업부에서 석유시추선 제작 및 설치와 선박제조업에서 전세계 에너지원의 변화를 지켜보았다.

특히 화석에너지 석유와 석탄 등 하루에 얼마나 많은 양의 화석에너지를 우리 인류가 소비하고 운송하는지, 그러면서 하루에 얼마나 많은 탄소가 배출되어 지구의 대기층에 머물러 지구의 평균온도를 올리고 그 영향으로 세계기후가 어떻게 바뀌고 있으며 그 영향으로 산업구조가 어떻게 변하여 가는지 많은 관심을 가졌다.

한번 살펴보자. 세계석유수출국기구 OPEC의 최근 통계를 보면 우리 인류는 1일 원유생산과 소비량이 최대 1억 배럴에서 8500만 배럴에 이른다고 밝히고 있다. 매일 조금씩 생산량의 차이가 나는 것은 산유국들이 석유가격을 조절하고 자국의 이익을 위해 증산과 감산 등으로 통제·조절하기 때문이다. 쉽게 말하면 1배럴은 156리터이며, 드럼통 한 통이다. 1일 소비량 1억 배럴은 1미터씩 드럼통을 세우면 10만 킬로미터의 길이로 늘어선다. 정확히 지구의 2바퀴 반을 감는다 그것도 하루의 사용량이 그렇다. 다시 상상해 보면 63빌딩이 속이 빈 깡통이라면 63빌딩 50개 정도를 채울 양인 셈이다. 조선소에서 만드는 30만 톤 유조선이 200만 배럴 정도의 석유를 싣는데 30만 톤급 유조선 50척 분량의 석유를 우리 인류가 하루에 소비하는 양이라고 생각하시면 이해가 빠를 것이다.

이 엄청난 석유는 모두 어디에 사용되는가? 우리나라는 인구가 감소한다고 걱정하지만 세계인구는 꾸준히 늘고 있다. 이제 인도가 중국을 추월했고 아프리카 등 개도국 인구는 증가 추세다. 현재 세계인구는 80억 명을 넘어섰다. 매일 오존층 사이를 나는 수많은 비행기, 수만개의 컨테이너와 화물을 싣고 5대양을 누비는 초대형 선박, 전세계 수많은 도로를 다니는 셀 수 없는 자동차, 전세계 전력을 생산하는 각국의 에너지 발전소, 전 지구인의 가정에 사용되는 의식주 등 모든 곳에 화석에너지가 사용되지 않는 곳이 없다. 이것이 서양은 최근 300년간, 우리 한국은 불과 50년 만에 이룩한 현대문명 구조의 결과물이다.

자, 그러면 이 결과로 이 지구촌에는 무슨 일이 벌어지고 있나 지구온난화의 심각성을 깨닫고 이미 국제기구는 1997년에 교토 의정서와 2015년에 파리기후협약을 통해 각각 2030년까지 탄소배출량을 40%로 낮추고 2050년까지 탄소제로 달성을 목표로 UN과 세계각국은 협의를 했지만 지구의 이상기후는 나아지지 않고 오히려 점점 더 심각해지고 있다. 이 협의사항이 잘 지켜지지 않아서 초래된 결과인데, 협의사항 준수를 위해서는 실천이 최우선인데 제가 오늘 이 글을 쓰는 이유가 바로 여기에 있다.

2030년이 불과 7년밖에 남지 않았다. 세계의 글로벌 기업들은 저마다 많은 공산품에서 자동차 소비재에 이르기까지 경쟁적으로 생산량 늘리기에 혈안이 되어 있고, 도시는 확장되고 있으며 빌딩과 아파트가 들어서고 밀림을 파괴하며 팜유농장을 건설하는 개도국도 많아지고 있다. 제가 직접 해외출장에서 목격한 광경이다. 세계 각 나라 정부들은 성장정책과 자국우선주의와 이익에 급급하고 현실 정치의 유지를 위해 미래의 우리 환경을 획기적으로 개선하려는 노력들에는 신경을 쓰지 않는 것 같다.

전 지구의 운송수단 자동차 항공기 선박 등 모두가 전기차로 바뀌면 지구의 기후는 좋아질까?

지구상에 모든 차가 전기차로 바뀌면 기름은 더 이상 필요 없을까? 현재 원유 사용량의 통계를 보면 운송수단에는 40%가 소요되고 나머지 60%는 공장 가동과 발전소 에너지, 세계 각국 가정의 화학제품 생산과 가정 에너지 등으로 사용되고 있다고 한다. 모두 전기차나 수소차 등 친환경운송수단을 교체한다고 해도 문제는 원유의 60%를 사용하는 공장과 발전소 전세계인의 생활 에너지와 석유화학제품을 무엇으로 대체하고 어떤 에너지원에서 공급 받을 것인지가 우리 지구촌 전 가족의 숙제로 남는다.

화석 에너지에서 무공해 신재생에너지로 대체 변환하는 이 중간다리 기간에 많은 일들이 일어날 것이 분명한데 이것을 가다 말고 차근차근 풀어 간다면 이는 큰 큰 기회의 장이기도 할 것이다.

이제 지금 겪고 있는 지구온난화를 넘어 더 뜨거워지는 지구환경 위기의 원인을 이제 모두 알게 됐을 것이다. 저렇게 많은 화석에너지를 전 지구촌에서 사용하니 지구가 정상적일 수가 없다. 하늘을 나는 대형 여객기가 큰 우박과 부딪혀 불시착하고 야구공 크기의 우박이 떨어져 사람이 죽고 에너지 시설이 피해를 본다. 우리 한번 생각해 보자. 40년~50년 전에도 우박은 있었고 크기는 보통 일반 작은 콩만한 크기였다. 기후변화로 점점 커지더니 오렌지만한 크기를 넘어선다.

기온은 기온대로 올라서 로마 42도, 스페인 45도에 미국 플로리다의 바다온도가 38도, 이란과 이라크는 체감온도가 66도를 기록하여 생존 한계선을 넘어선 것으로 보도되고 있다. 문제는 바다의 온도의 급격한 상승이다. 이는 해류의 흐름을 둔화시켜 현재 한반도에 몰려온 6호 태풍 카눈도 움직임이 느리고 육지에 머무르는 시간도 길어져 폭우와 강풍 피해도 늘어날 것으로 우려된다.

이제 지구촌은 같은 하늘 아래 같은 바다를 사용하는 말 그대로 지구촌이다. 지금까지는 석유와 자원개발로 문명사회를 행복하게 잘 살아왔지만 기후환경이 더 나빠지면 이 문명은 오히려 부메랑이 되어 우리를 위협할 것이 분명하다.

이제 당분간 여름은 이렇게 폭염이고 겨울은 지구온난화 영향으로 더 추워질 것으로 예상된다. 왜일까? 극지방의 빙하가 녹으면서 그 차가운 냉기류가 기단을 타고 내려오기 때문이다. 지구의 온도상승을 늦추는 일에 전세계가 동참하지 않으면 아무런 효과가 없다. 지금까지는 화석에너지 덕분으로 우리 인류가 편리하게 잘 살았고 문명국가들이 부며 아주 큰 혜택을 누렸다. 그러나 지금부터는 정말 같은 타임의 시간이다. 자연이 보내는 신호에 우리 모두 숙연해져야한다. 우리의 현재와 미래세대를 위해서 말이다. 특히 기름이 풍부한 중동 사막 두바이는 외부온도가 50~60도가 되어도 사막에 실내스키장을 만들어 초대형 에어컨과 인공눈을 만들고 수백만 리터의 기름을 연소시켜 엄청난 이산화탄소가 지구 대기권으로 분출되는 데에도 불구하고 열사의 사막에 만들어진 스키장이 있는 국가로 온 세계 관광객이 몰려들고 있는 상황이다. 이런 첨단 과학기술과 문명의 자랑이 이제는 인류의 생존위협으로 다가오는 시점이어서 심히 우려스럽다.

아무리 더워도 우리는 "시원한 빌딩 속이나 에어콘 나오는 비행기, 시원한 자동차, 지하철, 전기 스위치만 올리면돼 뭐가 문제야" 이렇게 생각하는데 우리 전지구인의 사고방식의 변화가 바뀌지 않는다면 자연이 어떻게 답해 올 지 우리 모두가 같이 생각해 봐야 되지 않을까? 우리들의 미래세대와 자라나는 아이들을 위해서 말이다.

이 글은 이 지구를 하나의 큰 우주선, 큰 배라고 생각하고 우리를 함께 탄 승객이라고 생각하고 읽었으면 한다.

사실 우리 지구는 매일 360도 자전하며 밤낮을 만들고, 태양

주위를 공전하여 1년 봄·여름·가을·겨울 사계절을 만드는, 은하계의 수많은 별 중 생명이 살 수 있는 유일한 행성이다. 그 얼마나 큰 축복인가? 이곳에 한배를 탄 승객으로 만난 이 인연이.

요즈음 날씨가 작년 다르고 올해 다르다.

올여름 장마 기간에, 전국적으로 많은 폭우와 산사태 피해를 보았고 지금도 한참 복구작업중인데, 또다시 태풍이 느린 속도로 우리나라를 정조준하여 올라오고 있단다. 이제 여름철은 장마와 폭우, 가뭄과 폭염, 태풍 등 극과 극을 달린다. 가장 우려스러운 것은 이것이 일상화되고 점점 강도가 심해진다는 것이다.

이제는 과거의 일상적 기후시스템에서 완전히 벗어나 모든 것을 재검토해야 한다.

지구 한쪽은 폭우와 홍수, 한쪽은 가뭄이다. 이제 숲이 우거진 밀림도 대형 산불이 태워버린다. 한여름 푸른 숲에 무슨 산불이 일어나겠어? 바싹 나무가 마른 가을이나 건조한 봄철도 아닌데. 하지만 지금 하와이의 산불 같은 큰 재난이 일어난다.

고정 관념에서 벗어나 모든 곳을 돌아봐야 한다. 여름철에 아이들이 가족과 텐트 치고 자연을 즐길 곳이 점점 줄어들고 있다.

현재 겨울철인 칠레, 아르헨티나 온도가 32℃, 38℃라 하는데 이것은 도를 넘어서 심각 이상이다. 이러다 정상적으로 농사를 짓고 바다에 나가 정상적으로 어업에 종사할 수 있을까 걱정이 앞선다. 농사를 망치면 당장 먹거리가 걱정이요, 농산물 가격이 오르면 우리 일반 국민의 살림살이가 더욱 어려워지는 것은 당연한 일이다.

최근 들어 왜 이렇게 극심하게 환경이 나빠지고 지구가 뜨거워지는지 그 이유를 궁금해하는 사람이 많아지는 것 같다.

내가 알고 있는 범위 내에서 기후와 우리 삶의 미래에 대해 몇 마디 말하고자 한다.

나는 올해 59세로, 남해군에서 태어나 13년을 남해군 섬에서 살았고, 46년을 여러 도시에서 살고 있다.

그중에서 22년을 현대중공업 해양사업부에서 석유시추선 제작 설치와 선박 제조와 관련한 일을 하며 전 세계 에너지원의 변화를 지켜 보았다.

특히 우리 인류가 하루에 얼마나 많은 양의 석유와 석탄 등 화석 에너지를 소비하고 운송하는지, 그러면서 하루에 얼마나 많은 탄소가 배출되어 대기층에 머물러 지구의 평균기온을 올리고 그 영향으로 세계 기후가 어떻게 바뀌어 가는지, 또 그 영향으로 산업 구조가 어떻게 변하여 가는지에 많은 관심을 가졌다.

세계 석유 수출국 기구(OPEC)의 최근 통계를 보면 우리 인류의 1일 원유 생산과 소비량이 최대 1억 배럴에서 최소 8,500만 배럴에 이른다고 밝혔다. 매일 생산량의 차이가 나는 것은 산유국들이 석유 가격의 조절과 자국의 이익을 위해 세계원유시장에 증산과 감산을 하고 있기 때문이다.

1배럴은 159리터이며, 드럼통 한 통이다. 1일 소비량 1억 배럴은 1미터씩 드럼통을 세우면 길이로 10만㎞다. 정확히 지구의 2바퀴 반을 감는다. 그것도 하루 사용량이. 다시 상상해 보면, 63빌딩이 속이 빈 깡통이라면 63빌딩 50개 정도를 채울 양이다. 조선소에 만드는 30만 톤 유조선이 200만 배럴 정도 선적량이니, 30만 톤급 유조선 50척가량을 우리 인류가 1일 소비한다고 생각하면 이해가 빠를 것이다.

이것이 다 어디에 사용되는가? 우리나라는 인구가 감소한다고 걱정이지만, 세계 인구는 꾸준히 늘고 있다. 이제 인도가 중국을 추월했고 아프리카 등 개도국 인구는 증가 추세다. 현재 세계의 인구는 80억 명을 넘었다. 매일 오존층 사이를 나는 수많은 비행기, 수만 개의 컨테이너와 화물을 싣고 5대양을 누비는 초대형 선박, 전 세계 수많은 도로를 다니는 셀 수 없는 자동차, 전 세계 전력을 생산하는 각국의 에너지 발전소, 전 지구인의 가정에 사용되는 의식주의 필수품. 화석 에너지가 사용되지 않는 곳이 없다.

이것이 서양은 최근 300년간 우리 한국은 불과 50년 만에 이룩한 현대 문명의 결과물이다.

그러면 이로 인해 이 지구촌에는 무슨 일이 벌어지고 있나.

지구 온난화의 심각성을 깨닫고 UN과 세계 각국은 1997년에 교토의정서와 2015년에 파리 기후 협약을 통해 각각 2030년까지 탄소 배출량을 40%로 낮추고 2050년까지 탄소제로 실천을 목표로 협의했지만 지구의 이상 기후는 점점 심해지고 있다.

이 협의 사항이 잘 지켜지기 위해서는 실천이 최우선이다. 그런데 2030년이 불과 7년밖에 남지 않았는데, 글로벌 기업들은 많은 공산품에서 자동차 소비재에 이르기까지 경쟁적으로 생산량 늘리기에 혈안이 되어 있다. 도시는 확장되어 빌딩과 아파트 건설이 한창이고, 밀림을 파괴하고 팜유 농장을 건설하는 개도국도 많아지고 있다.(직접 해외 출장에서 목격한 광경이다.) 각 나라의 정부는 성장 정책과 자국 우선주의로 이익을 좇기에 급급하고, 현실정치의 유지를 위해 미래의 환경을 획기적으로 개선하려는 노력은 미진한 것 같다. 전 지구의 운송수단인 자동차, 항공기, 선박 등이 모두 전기차로 바뀌면 지구의 기후는 좋아질까? 기름은 더 이상 필요 없을까?

현재 원유 사용량의 통계를 보면, 운송수단에 사용이 40%이고, 나머지 60%는 공장 가동과 발전소의 에너지로, 각 가정의 화학 제품 생산과 가정 에너지 등으로 사용되고 있다고 한다.

모두 전기차나 수소차 등 친환경 운송수단으로 개발해도 이후의 문제는 원유의 60%를 사용하는 공장과 발전소, 전 세계인의 생활 에너지와 석유화학제품을 무엇으로 대체하고 어떤 에너지원에서 공급받을 것인지가 지구촌의 숙제다.

화석 에너지에서 무공해 신재생 에너지로 대체 변환하는 이 징검다리 기간에 많은 일들이 일어날 것이 분명한 것인데, 이것을 미리 알고 차근차근 풀어 간다면 이는 곧 큰 기회의 장이 될 것이기도 하다.

이제 지구 온난화를 넘어, 지구가 가열되어 가는 환경의 원인을 알았을 것이다. 저렇게 많은 화석 에너지를 전 지구촌에서 사용하니 지구가 정상적일 수가 없다.

야구공 크기의 큰 우박이 하늘을 나는 대형 여객기에 부딪혀 불시착하고, 야구공 크기의 우박에 사람이 죽고, 에너지 시설이 피해를 본다. 우리 한번 생각해 보자. 옛날에도 40~50년 전에도 우박은 있었다. 하지만 크기는 보통 일반적으로 작은 콩알 크기였다. 그런데 기후 변화로 우박의 크기가 점점 커지더니 오렌지 크기를 넘어섰다.

기온은 로마가 42도, 스페인 45도에 미국의 플로리다 해수 온도가 38도를 넘었고, 이란과 이라크의 열파지수(체감온도)가 66도를 기록하여 생존 한계선을 넘어선 것으로 보도되고 있다.

문제는 바닷물 온도의 급격한 상승이다. 바닷물의 상승은 온도가 올라가면 부피가 팽창하여 해수면이 올라서 저지대가 서서히 잠기게 되는 무서운 경고다. 또 해류의 움직임을 둔화시켜 바다의 생태계에 큰 문제를 일으키고 슈퍼 태풍을 발생하게 하여 그 피해가 세계 전 지역에서 문제가 되고 있다. 우리의 먹거리인 농작물 재배와 바다 자원의 확보에 위기가 올 수밖에 없다.

지금까지는 석유와 석탄 등의 화석 에너지 개발로 문명사회를 이루어 행복하게 잘 살아왔지만, 기후 환경이 나빠지면 이 문명은 오히려 부메랑이 되어 우리를 위협할 것이 분명하다. 이제 당분간 여름은 이렇게 폭염이고, 겨울은 더 추워질 것이다. 왜? 극지방의 빙하가 녹으면서 그 차가운 냉기류가 기단을 타고 내려오기 때문이다.

지구의 온도상승을 늦추는 일에 전 세계가 동참하지 않으면 아무 효과가 없다. 지금까지는 화석 에너지 덕분으로 우리 인류가 편하게 잘 살았고 문명국가를 이루어 큰 혜택을 누렸다. 그러나 지금부터는 정말 골든 타임이다. 자연이 보내는 신호에 우리 모두 긴장해야 한다. 우리의 현재와 미래 세대를 위해서 말이다. 기름이 풍부한 중동의 산유국들은 외부 사막의 온도가 50~60℃ 일지라도 초대형 에어컨과 6,000톤의 인공 눈으로 만든 실내 스키장에서 슬로프를 경험할 수 있다. 이를 위해 수백만 리터의 기름을 연소하여 엄청난 이산화탄소를 배출하고 있다. 뜨거운 사막에도 스키장이 있는 국가라는 자랑으로 세계 관광객에게 러브콜하고 있다. 이런 첨단 과학기술과 문명의 자랑이 이제는 인류 생존의 위협으로 다가오는 시점이라 심히 우려스럽다.

아무리 더워도 우리는 시원한 빌딩 속에 있으면 문제 없어. 에어컨이 있는 비행기, 시원한 자동차, 지하철, 스위치만 올리면 되니 뭐가 문제야? 이렇게 생각하는 지구인의 사고방식이 변화하지 않는다면 자연이 우리에게 어떻게 답할지 깊이 생각해 봐야 되지 않을까? 우리들의 미래 세대, 자라나는 아이들을 위해서 말이다. 내가 오늘 이 글을 쓰는 이유가 바로 여기에 있다.

2.

바닷속 원유시추선 한 눈으로 이해하기

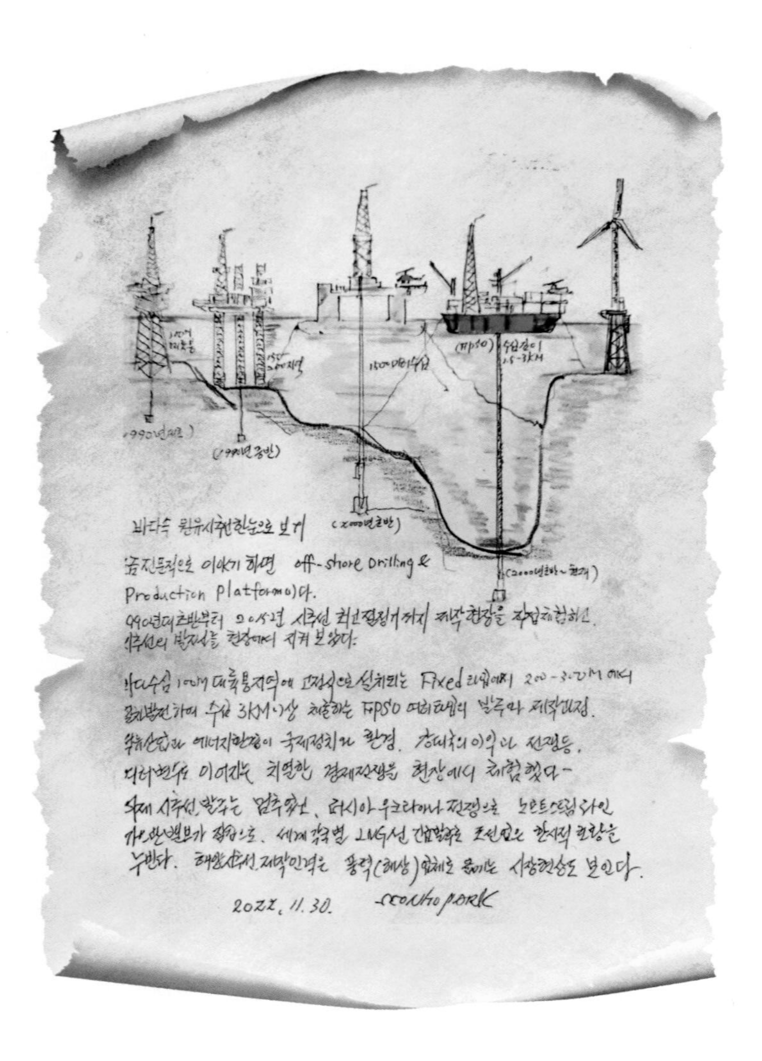

전문적으로 이야기하자면 바닷속 원유시추선(off-shore drilling & production platform)이다.

1990년대 초반부터 2015년 시추선 최고 절정기까지 제작 현장을 직접 체험하고 시추선 발전사를 현장에서 지켜 보았다.

바다 수심 100m 대륙붕 지역에 설치하는 고정식(fixed) 타입에서, 수심 1㎞ 이상 채굴하는 부유식 생산 및 저장 설비(fpso) 등 여러 타입의 발주와 제작 과정을 통해, 석유산업과 에너지 환경이 국제 정치와 강대국의 이익, 치열한 경제 전쟁 등의 변수로 인해 변화해감을 현장에서 체험했다. 이제 러시아-우크라이나 전쟁으로 노르트스트림 라인(러시아에서 독일까지 이어지는 1,200㎞ 길이의 천연가스 수송관)을 막아버리자 세계 각국별 LNG선 긴급 발주로 조선업은 다시 호황을 맞이했다.

3.

딥워터 호라이즌

Deepwater Horizon

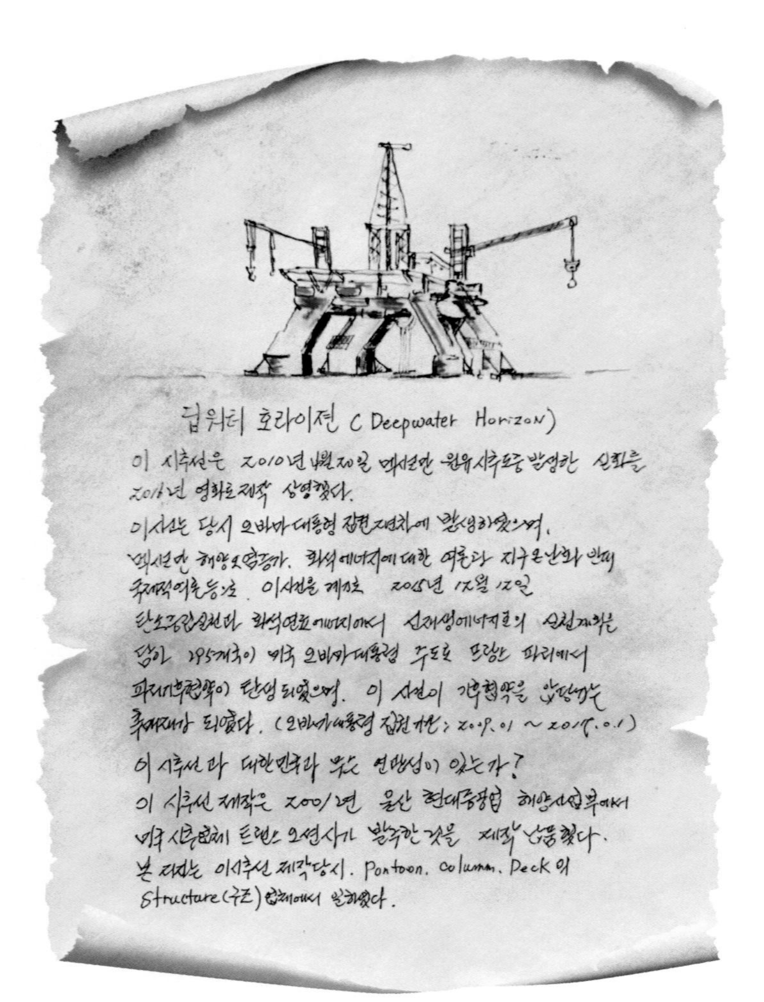

이 영화는 2010년 4월 20일, 미국 멕시코만 원유시추 도중 발생한 실화를 2016년 영화로 제작 상영한 것이다.

이 사고는 당시 오바마 대통령 집권 2년 차에 발생하였으며, 이 사건을 계기로 멕시코만 해양 오염 증가와 화석 에너지에 대한 여론, 지구 온난화 반대 등의 국제적 여론에 2015년 12월 12일 파리 기후 협약이 탄생하였다. 이는 탄소 중립 실천과 화석 연료 에너지에서 신재생 에너지로 전환한다는 실천 계획을 담아 195개국이 미국 오바마 대통령의 주도로 프랑스 파리에서 실행한 협약으로, 이 사건이 기후 협약을 앞당기는 촉매제가 되었다.

이 시추선과 대한민국은 무슨 연관성이 있는가. 이 시추선은 2001년 울산 현대 중공업 해양사업부에서 미국 업체 트랜스 오션사가 발주한 것을 제작 납품한 것이다. 본 저자는 당시 사업부에서 제작되는 생산 공정 일부분에 참여했다. 영국 에너지기업 bp사에서 2013년까지 임대사용 계약 중 사고가 발생하였으며, 사고 원인은 제작사 불량이 아니라, 임대 운용 중인 영국 bp사가 수심 1,500m 아래에서 작업 도중에 발생한 작동 운전 미숙이 원인이라고 밝혀졌다. 이로 인한 갑작스러운 폭발로 시추선이 침몰했다. 80일간 유출된 기름띠는 멕시코만을 덮었고, 원유의 유출량은 2007년 태안 앞바다 원유 유출량의 80배 이상이라고 밝히고 있다. 그 후 방제작업에도 엄청난 시간과 투자가 이루어졌으며, 수거된 원유를 태우면서 대기 오염은 심각했다. 영국 Bp사는 미국에 오염피해 벌금으로 약 45억 달러를 지불했으며, 그

벌금으로 환경 오염복원기금과 피해 청소, 어민 보상, 기름 유출 책임 신탁 기금으로 활용되었다. 이 사건을 계기로 국내에서 진행 중이던 원유 시추 제작 조선 3사 빅3인 현대, 삼성, 대우는 제작 현장의 감리 기준 강화 및 안전기준 강화 등으로 엄청난 고통을 겪었고 수조 원의 당기 순손실을 기록했다.

4.
세일 가스

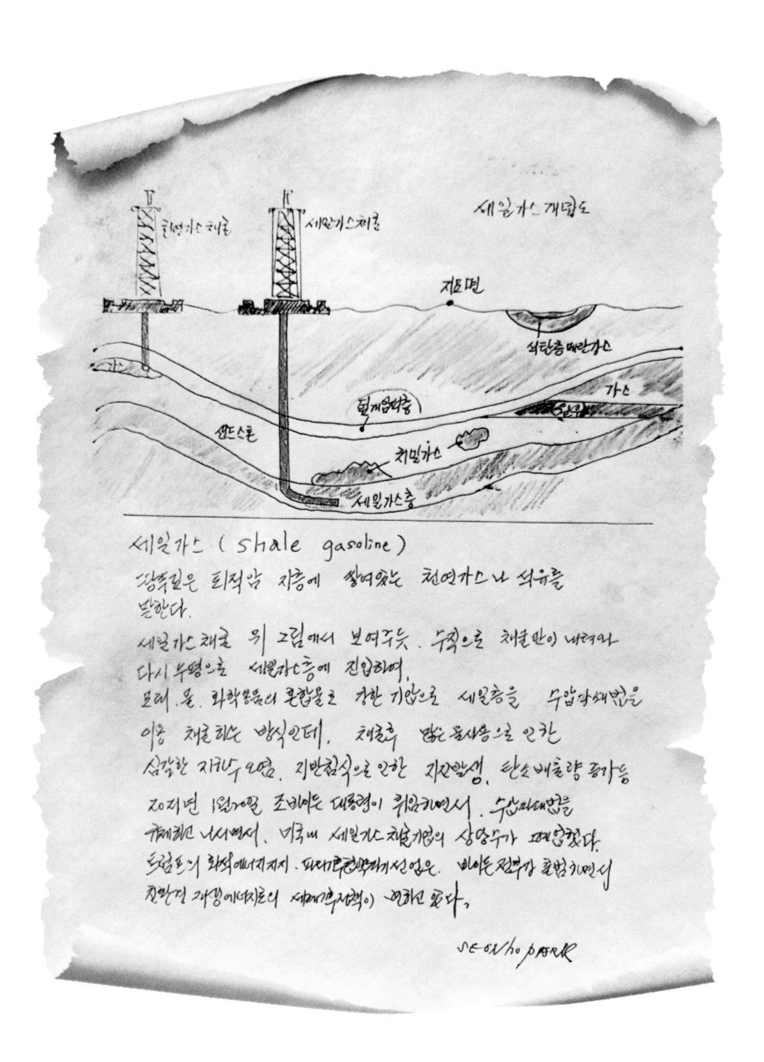

세일가스 (shale gasoline)

땅속깊은 퇴적암 지층에 쌓여있는 천연가스나 석유를 말한다.

세일가스 채굴 위 그림에서 보여주듯, 수직으로 채굴관이 내려와
다시 수평으로 세일가스층에 진입하여,
모래, 물, 화학용품의 혼합물로 강한 기압으로 세일층을 수압파쇄법을
이용 채굴하는 방식인데, 채굴후 많은 물사용으로 인한
심각한 지하수 오염, 지반침식으로 인한 지진발생, 탄소배출량 증가등
2021년 1월20일 조바이든 대통령이 취임하면서, 수압파쇄법을
규제하고 나서면서, 미국내 세일가스 채굴기업의 상당수가 파산했다.
트럼프의 화석에너지지지, 파리기후협약파기선언은, 바이든정부가 출범하면서
친환경 재생에너지로의 세계기후정책이 변하고 있다.

SEONho PARK

셰일 가스란 땅속 깊은 퇴적암 지층에 쌓여있는 천연가스나 석유를 말한다.

셰일 가스 채굴은 위 그림에서 보여주듯, 수직으로 채굴관이 내려와 다시 수평으로 셰일 가스층에 진입하여 모래, 물, 화학용품의 혼합물을 사용하여 강한 기압으로 셰일층을 파쇄하는 채굴 방식인데, 채굴 후 많은 양의 물을 사용함으로써 심각한 지하수 오염, 지반침식으로 인한 지진 발생, 탄소 배출량 증가 등의 문제가 있었다. 2021년 1월 20일 바이든 미국 대통령은 취임하면서 수압 파쇄법을 규제하고 나섰고, 미국 내 셰일 가스 채굴기업의 상당수가 폐업했다.

화석 에너지를 지지하여 파리 기후 협약을 파기한 트럼프의 선언은, 바이든 정부가 출범하면서 파리 기후 협약에 재가입하여 다시 친환경 재생에너지로 기후정책이 변화하였다.

5.
북극의 원유 시추선

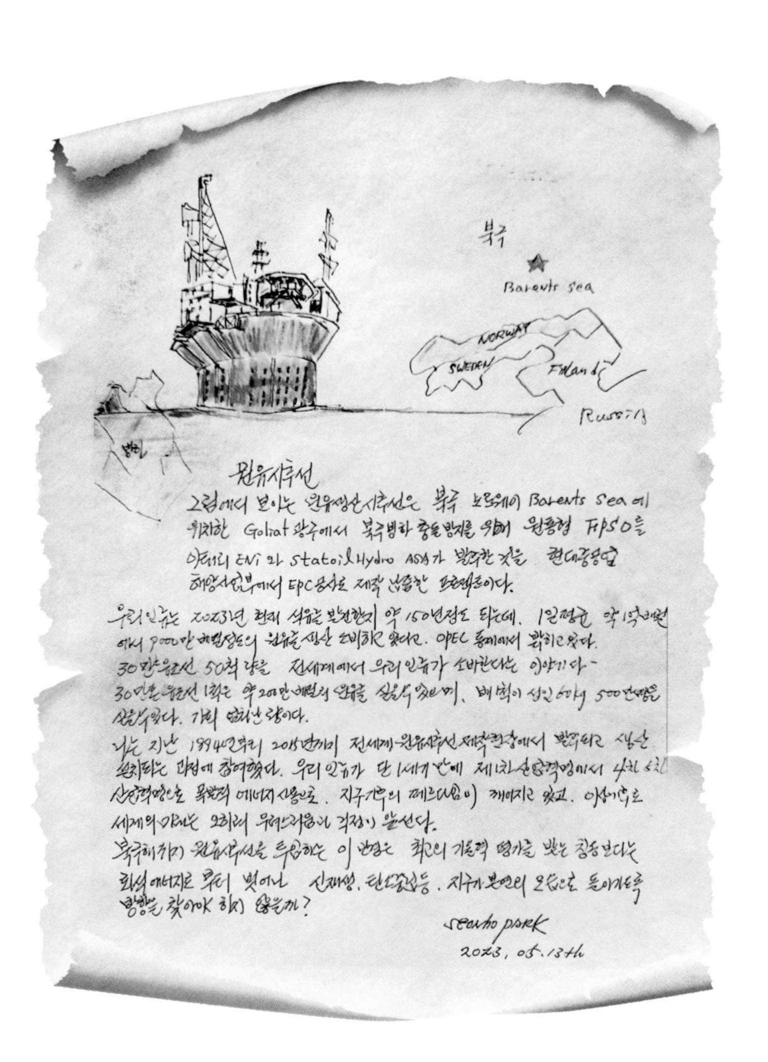

원유시추선

그림에서 보이는 원유생산시추선은 북극 노르웨이 Barents Sea에 위치한 Goliat 광구에서 북극빙하 충돌방지를 위해 원통형 FPSO를 이태리 ENI와 StatoilHydro ASA가 발주한 것을 현대중공업 해양사업부에서 EPC공사로 제작 납품한 프로젝트이다.

우리 인류는 2023년 현재 석유를 발견한지 약 150년 정도 되는데, 1일 평균 약 1억 배럴에서 9000만 배럴 정도의 원유를 생산 소비하고 있다고 OPEC 통계에서 밝히고 있다.
30만톤 유조선 50척 양을 전세계에서 우리 인류가 소비한다는 이야기다.
30만톤 유조선 1척은 약 200만 배럴의 원유를 실을 수 있으며, 배 1척이 서울시 500만 대분을 쓸 수 있다. 가히 엄청난 양이다.
나는 지난 1994년부터 2015년까지 전세계 원유시추선 제작현장에서 발주되고 생산 설치되는 과정에 참여했다. 우리 인류가 단 1세기 안에 제1차 산업혁명에서 4차 산업혁명으로 폭발적 에너지 사용으로, 지구기후의 패러다임이 깨어지고 있고, 이상기후로 세계의 미래는 오히려 우려스러움과 걱정이 앞선다.
북극해저의 원유시추선을 투입하는 이 현장은 최고의 기술력 평가를 받는 칭송보다는 화석에너지로부터 벗어나 신재생, 탄소중립 등, 지구가 본연의 모습으로 돌아가도록 방향을 찾아야 하지 않을까?

Seonho Park
2023. 05. 13th

그림에서 보이는 원유 생산 시추선은 북극의 노르웨이 바렌츠해(Barents Sea)에 있는 골리앗(Goliath) 광구에서 북극 빙하 충돌 방지를 위해 원통형 부유식 원유 생산 저장 하역 설비(FPSO)를 이탈리아 Eni사와 Statoilhydro Asa사가 발주하는 것을 현대중공업 해양사업부에서 EPC 공사로 제작 납품한 프로젝트이다.

인류는 2023년 현재, 석유를 발견한 지 약 150년 정도 되는데, 1일 평균 약 1억 배럴에서 8,500만 배럴 정도의 원유를 생산 소비 하고 있다고 석유 수출국 기구(OPEC) 통계에서 밝히고 있다. 30만 톤 유조선 50척의 양을 우리 인류가 하루에 소비한다는 이야기이다.

석유와 천연가스 채굴은 지구촌 어느 지역을 가리지 않는데, 알래스카, 시베리아, 북극, 아프리카 앙골라유전, 사우디 등 정말 오대양 육대주에 유전이 발견되는 지역은 예외가 없이 채굴 작업이 행해지고 있다.

전 현직 유엔 사무총장과 국제기후와 환경단체 등이 화석 에너지 줄이기 캠페인을 계속하고 있지만, 현재의 모든 산업 생태계가 80% 이상 화석 에너지의 사용에 의한 제품생산에 맞추어져 있다.

나라별 ESG 경영이나 실천, 신재생 에너지의 계속적인 개발 등이 진행되고 있으나, 우리나라의 경우는 세계 평균에도 도달하지 못하고 있으니 걱정이다. 대한민국 신재생 에너지 비율은 아직 10% 미만에 머물고 있다.

6.
초대형 여름 산불

지구촌 곳곳에서 발생하는 초대형 여름 산불은 이번 세기 최근의 일이며 예전에는 볼 수 없었던 광경이다.

지금도 캐나다 산불이 한반도 면적보다 넓게 1,500곳에 번지고 있다고 한다. 초대형 산불은 하와이 등 많은 곳에서 발생하고 있으며, 우리나라에서도 언제든 발생할 수 있다. 이미 지난 2018년에 우리나라에서도 여름 밀양 산불이 발생하여 큰 피해를 주었다.

2018년 7~8월에 보도된 우리나라의 여름 산불의 발생 건수와 피해를 보면, 61건이 발생했고 16ha(1ha=10,000㎡)를 태웠다고 한다. 우리나라의 화재의 원인은 대부분 입산자의 실화로 발생한 것으로 확인되었다. 산에는 수많은 에너지 시설이 있고 도시와 산업화지역 공장으로 향하는 수많은 철탑이 있다. 초대형 산불은 철탑의 전선을 망가뜨릴 수 있으며, 이는 초대형 정전인 블랙

아웃을 유발할 수도 있다.

지금 세계적 초대형 여름 산불이 고온 건조한 바람을 타고 자연 발화로 발생하였다는 보도가 그 위험성을 말하고 있다. 여름철은 우기니 장마철이니 하여 우리나라는 해당 없을 것이라는 고정 관념은 큰 피해를 가져올 수 있다.

미리미리 대책을 세워 놓아야 한다. 항상 큰일 터지고 난 후 정치 싸움하는 모습을 더 이상 지켜볼 수는 없는 일이다.

7.
지구상의 모든 차가 전기차로 바뀌면 기름은 필요없을까

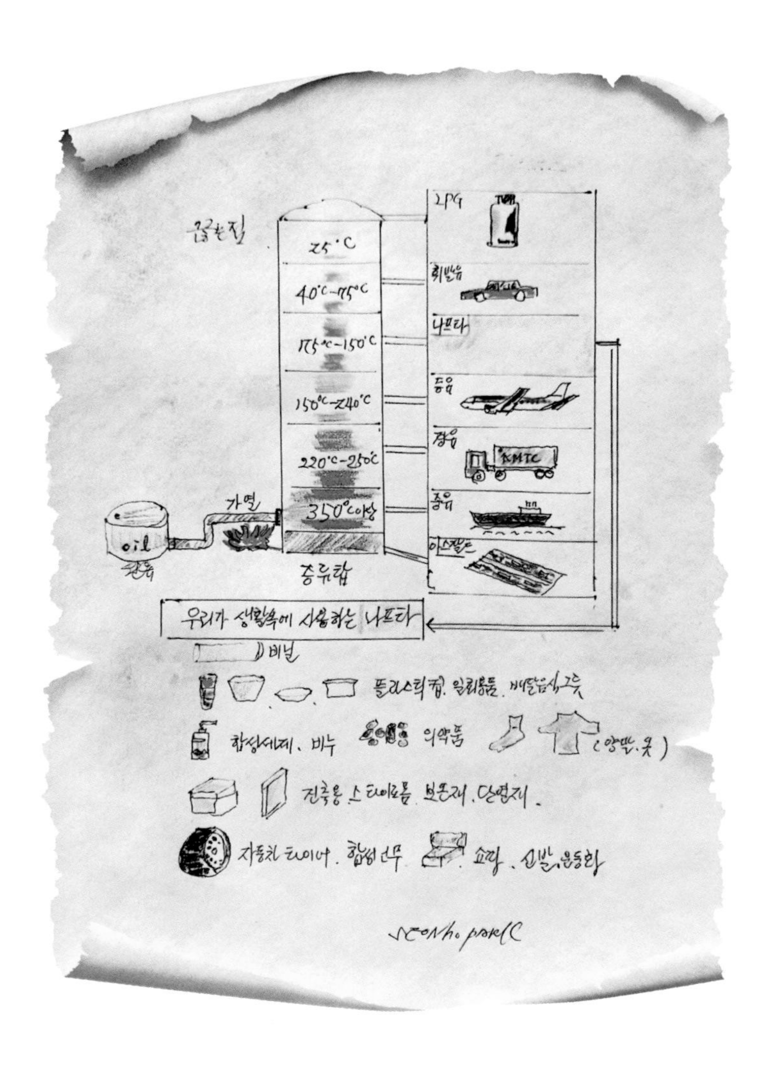

위의 도표에서 보여주듯, 원유는 끓는점(비등점)에 따라 약 7단계로 나누어 기름과 LPG, 나프타, 아스팔트 등으로 분류된다. 여기에서 정유 산업과 석유화학 산업으로 분류된다.

정유 산업은 그림에서 보여주듯, 원유의 끓는점을 이용해 증류, 정제, 배합으로 구분한다.

다시 설명하면, 원유를 가열하여 끓는점을 이용해 각각 분리하는 것을 증류라 하고, 그 속에 남아 있는 각종 불순물을 제거하는 공정을 정제라고 하며, 정제된 각 유분을 제품별로 혼합하거나 첨가제를 주입하는 공정을 배합이라고 한다.

즉, 정유산업은 이런 과정을 통해 각종 석유 제품을 제조하는데 LPG, 휘발유, 항공유, 선박유, 아스팔트, 석유화학 원료인 나프타(Naphtha)도 정유를 통해 생산된다.

원유를 기반으로 정유 산업과 석유화학 산업의 차이점은 정유 산업은 주로 에너지 연료를 생산하고, 석유화학 산업은 우리 실생활에 사용되는 플라스틱부터 옷, 자동차, 타이어 등 필수 품목을 생산한다는 것이다.

지금 파리 기후 협약 등 세계의 기후 변화에 따른 각국의 약속 실천이 2030년~2050년으로 향후 7년에서 25년 전후에 일어날 일이지만, 전 세계인이 자동차를 화석 연료에서 전기로 이용한다면 환경은 어떻게 바뀔까 궁금하지 않은가.

현재의 통계를 살펴보자.

현재 각종 에너지 뉴스를 보면, 1일 전 세계 원유 사용량 중 운송수단(자동차, 선박, 항공기) 등에 약 40%를 사용하는 것을 알 수 있다.

나머지 60%는 공장 가동과 난방 연료, 석유화학 제품생산 등으로 사용되는 것으로 보아, 자동차 전체가 전기차라 해도 획기적인 환경 개선이 될지는 개인적으로는 회의적이다.

공장이나 발전소 등에서 발생하는 이산화탄소 배출을 줄이기 위해 세계 각국에서는 지금도 연구 개발이 치열하다. 이산화탄소 포집 및 저장 기술(CCS) 등 지구 온난화를 완화하는데 각 국가별 기업과 국가는 경쟁이 더욱 치열해질 것이다.

8.
부문별 에너지 소비 구조

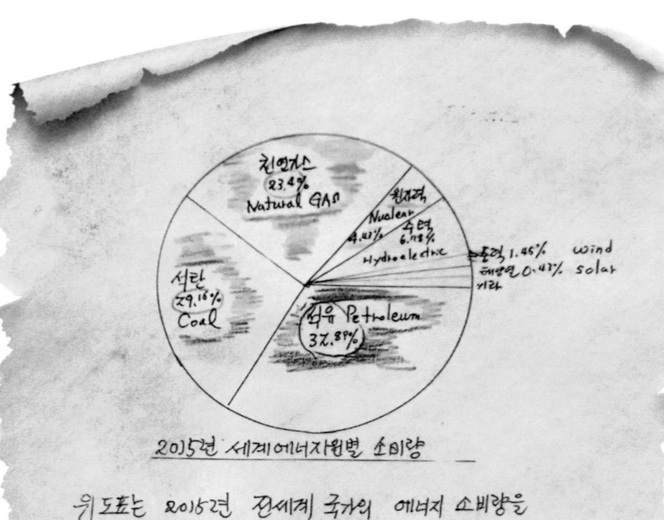

2015년 세계에너지원별 소비량

위 도표는 2015년 전세계 국가의 에너지 소비량을 나타낸 도표입니다. 석유. 석탄. 천연가스. 원자력 에너지가 차지하는 비중은 90% 입니다.

수력과 풍력. 태양광 기타 10%가 친환경 에너지 임을 보여줍니다.

2015년도의 도표를 나타낸다는것은 파리기후협약이 체결되기전의 통계 자료이므로. 그 이후 전세계가 통계자료를 바탕으로 어떻게 실천하고 있는지 5년후, 2020년, 8년후 2023년의 자료를 보시면 미래를 예측하는 좋은 자료가 될것 입니다.

Seonhopark

화석 에너지는 석유, 석탄, 천연가스 모두에 해당한다. 대한민국의 신재생 에너지 사용 비율은 현재 10% 미만으로 밝히고 있다.

도표에서 보면 산업 생산과 운송수단에서 차지하는 사용량의 비중이 82%를 차지함을 알 수 있다.

2030년과 2050년 탄소 중립 제로 목표로 나가고 있지만, 그 실천 목표가 선언에 그친다면 자연의 경고는 우리 상상 이상일 것이라 생각된다.

9.

국내에서 추진 중인 CCS 구축 조감도

Carbon capture and storage

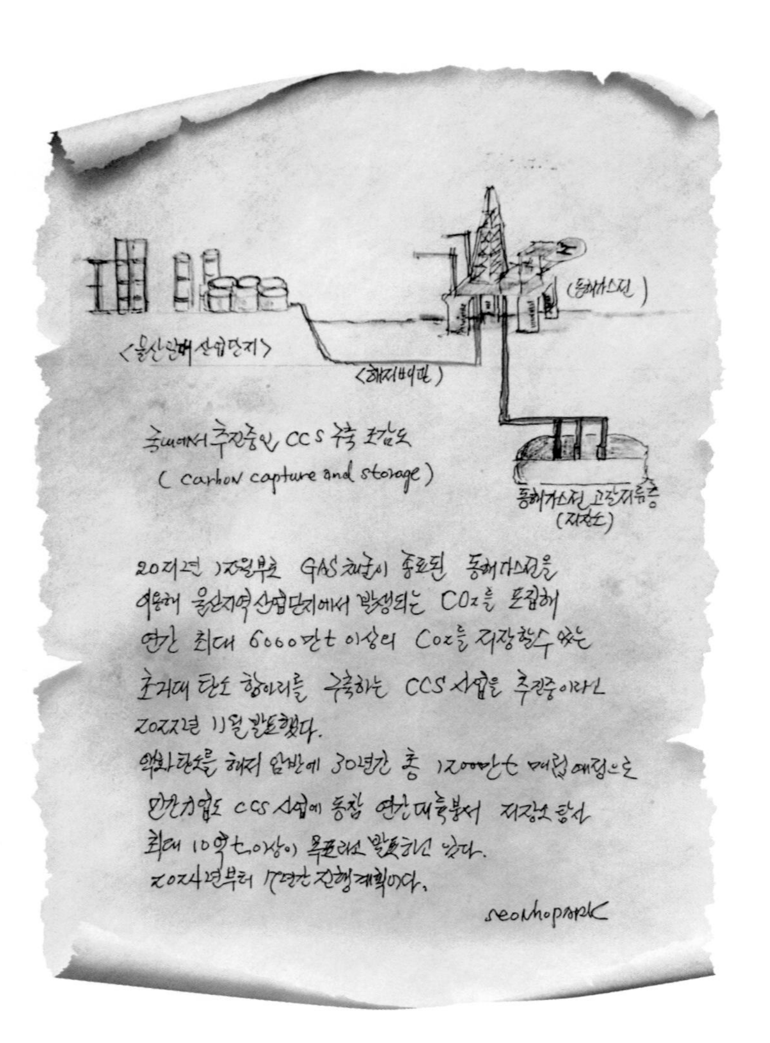

2021년 12월부로, 가스 채굴이 종료된 동해 가스전을 이용해 울산지역 산업단지에서 발생하는 연간 최대 6,000만 톤 이상의 이산화탄소(CO_2)를 포집, 저장할 수 있는 초거대 탄소 항아리를 구축하는 CCS 사업을 추진 중이라고 2022년 11월 발표했다.

액화 탄소를 해저 암반에 30년간 총 1,200만 톤 매립 예정으로 민간기업 동 CCS 사업에 동참 연간 대륙붕에서 저장소 탐사 10억 톤 이상이 목표라고 발표하고 있다.

10.
탄소 포집 기술

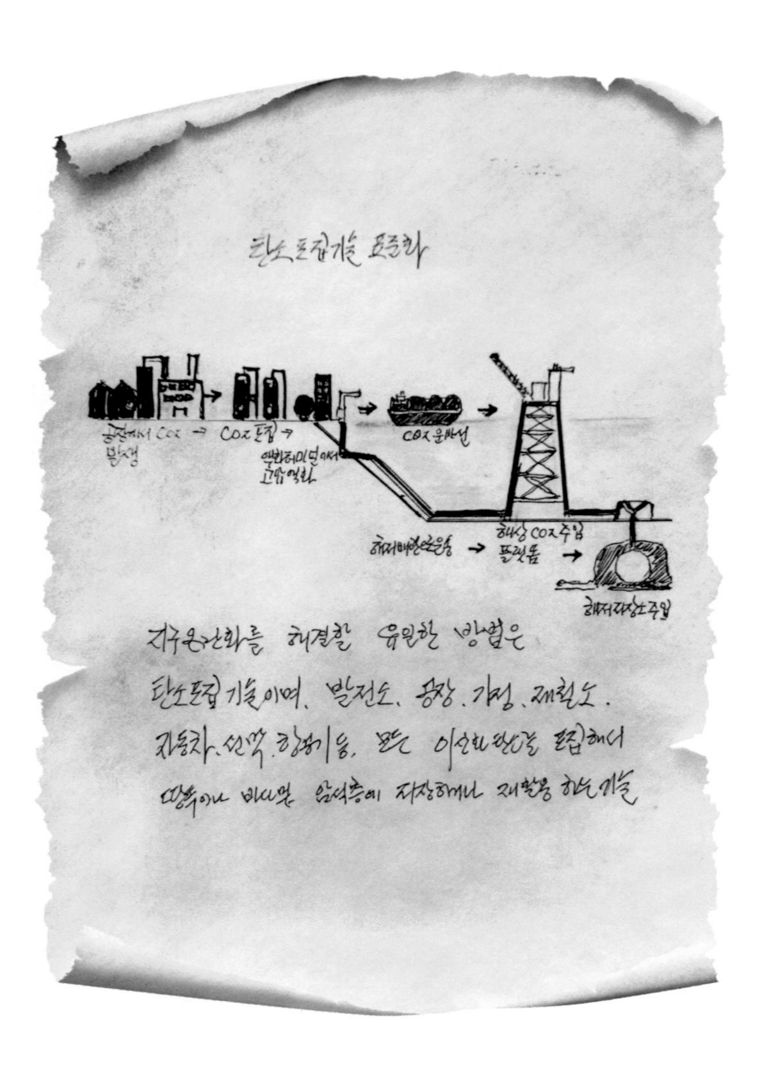

탄소포집기술 표준화
공장에서 CO2 발생 → CO2 포집 →
고압액화
CO2 운반선
해저배관으로운송 →
해상 CO2 주입 플랫폼 →
해저저장소주입
지구온난화를 해결할 유일한 방법은
탄소포집 기술이며, 발전소, 공장, 가정, 제철소,
자동차, 선박, 항공기 등, 모든 이산화탄소를 포집해서
땅속이나 바다밑 암석층에 저장하거나 재활용 하는 기술

일론 머스크는 2025년 지구의 날까지 연 1,000톤 규모의 이산화탄소를 포집해 100년 이상 격리할 수 있는 기술을 만들자는 과제를 제시했다.

즉, 국제 에너지 기구는 탄소 포집 활용 저장 기술(ccus) 없이는 온실가스 제거량 '0' 달성에 도달하는 것은 불가능하다고 말한다.

탄소 포집 기술이란 화석 연료 사용 시 발생하는 이산화탄소를 포집하고 활용하고 저장하는 기술이다.

지구온난화를 해결할 방법은 이미 지구상 대기에 흩어진 이산화탄소를 포집해서 자원으로 재활용하거나, 땅속이나 바다 밑 암석층에 저장하거나 재활용할 수 있는데, 이에 대한 기술의 표준화가 만들어져야 한다.

향후 중요한 산업으로 다가올 것인 만큼 젊은 세대들은 신산업으로 주목할 만하며 범국가적으로도 지원이 필요하다.

11.
기후 위기와 식량 안보

기후 위기로 인해서 세계 곳곳에서 식량 생산이 흉작이라는 보고서가 나오고 있다. 예전에 볼 수 없었던 홍수와 폭염은 지구촌 곳곳의 농업 지대를 황폐화하고 있다. 온도가 올라가면 농작물들이 정상적으로 자라지 못하고 밀, 보리, 옥수수, 콩, 벼 등 수확량이 줄어들 수밖에 없다.

세계 최대 밀 생산국인 미국은 폭염으로 밀 생산량이 50% 감소했다는 보도가 있으며, 쌀을 가장 많이 생산하는 국가인 인도는 자국민 보호를 위해 쌀 수출을 중단할 수 있다고 했다.

식량 생산의 감소는 국가마다 자국민 보호를 위해서 수출을 금지하는 일들이 많이 일어날 수 있으며, 식량이 부족한 국가는 이제 먹거리 전쟁에 돌입할 수도 있다. 이는 곧 인류의 먹거리를 위협하는 것으로 인류의 생존에 대한 위협이다.

사실 현재 러시아가 우크라이나를 침공한 것도 어떻게 보면 세계 최대의 곡창지대인 우크라이나를 러시아의 손에 넣기 위한 큰 목적이 있을 것이라고 우크라이나 유명 오케스트라 지휘자 유리얀코가 예견했다. 그는 1차 우크라이나 크림반도 병합 시점에 분명히 큰 전쟁으로 침략해 올 것이라 했는데 그 당시가 2016년도인 것 같다. 오스트리아 빈에서 만나 많은 이야기를 나누었다. 6년 후 그 이야기는 현실이 되었다.

러시아는 세계 최대의 땅을 가진 국가이지만 대부분이 시베리아 영토로 기름과 천연가스 등 지하자원은 풍부하지만, 농토가 부족하여 궁극적으로 식량 자원을 확보하기 위해서 우크라이나를 침공한 것이 중요한 목표 가운데 하나로 보인다.

12.
바이러스와의 전쟁

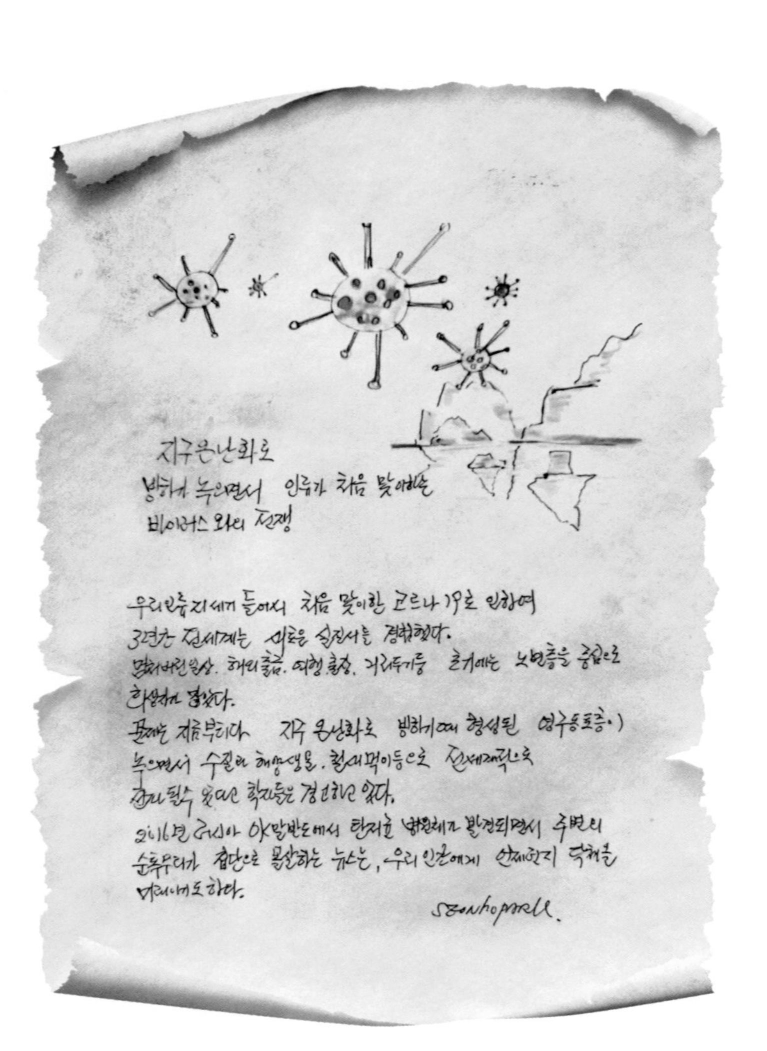

지구온난화로
빙하가 녹으면서 인류가 처음 맞이하는
바이러스와의 전쟁

우리 인류 21세기 들어서 처음 맞이한 코로나19로 인하여
3년간 전세계는 새로운 질서를 경험했다.
멈춰버린 일상. 해외 출국. 여행. 출장. 거리두기 등 초기에는 노년층을 중심으로
확산되고 말았다.
문제는 지금부터이다. 지구 온난화로 빙하기 때 형성된 영구동토층이)
녹으면서 수질과 해양생물. 철새 먹이 등으로 전세계적으로
확대될 수 있다고 학자들은 경고하고 있다.
2016년 러시아 야말반도에서 탄저균 병원체가 발견되면서 주변의
순록 무리가 집단으로 몰살하는 뉴스는, 우리 인류에게 언제든지 닥쳐올
미래이기도 하다.

seonhopark.

빙하가 녹으면서 인류가 처음 맞이하는 바이러스와의 전쟁.

우리 인류는 21세기에 들어서 처음 맞이한 코로나19로 3년간 전 세계는 해외 출장, 여행 등이 멈춰 버렸고, 거리 두기의 일상을 보내는 등 새로운 질서를 경험했다. 초기에는 노년층을 중심으로 희생자가 많았다.

문제는 지금부터다.

지구 온난화로 빙하기 때 형성된 영구 동토층이 녹으면서 그 속에 숨겨진 고대의 위험한 바이러스가 해양 생물, 철새 먹이 등으로 세계적으로 전파될 수 있다고 학자들은 경고하고 있다.

2016년 러시아 야말 반도에서 탄저균 병원체가 발견되면서 주변의 순록 무리가 집단으로 몰살했다는 뉴스가 있었다.

우리 인간에게 이와 유사한 바이러스의 출현은 이제 아주 흔한 일이 될 수도 있다.

13.
IPCC
Intergovernmental Panel on Climate Change, 기후변화에 관한 정부 간 협의체

IPCC가 지구 운명을 담은 IPCC 보고서를 10가지 제시했는데 그중에 우리 현실에 바로 닥친 내용은 모두 알고 갔으면 좋겠다.

1. 신규 화석연료 투자는 세계 어느 곳에도 하지 말아야 한다.
2. 모든 금융기관(은행, 보험사, 자산운용사 등)은 탄소배출기업에 금융지원 중단요청과 대출받은 회사들의 변화 촉구가 필요하다.
3. 1, 2번 사항은 향후 빠른 시일 안에 경제적 기후 구조조정과 산업 구조조정으로 닥칠 문제이므로 정부는 산업구조개편, 기업은 에너지 전환에 따른 발빠른 전환이 필요하다.

COP

COP란 Conference Of Parities의 줄임말로 유엔 기후변화 협약 당사국총회라고 부른다.

1995년 독일 베를린에서 처음 개최되어, 올해는 11월 30일 아랍에미리트 두바이에서 제28차 COP28(2023)이 개최될 예정이다.

전 세계가 기후 위기의 심각성을 깨닫고 이미 28년 전부터 탄소 중립과 환경오염의 예방과 실천을 목표로 매년 개최해 오고 있다.

COP 중 많이 알려진 협약으로는 1997년 제3차 COP 일본 교토의정서와 2015년 제21차 COP 파리 기후 협약이다.

처음에 37개국이 모여 온실가스 배출에 대한 논의를 진행했으나, 점점 심해지는 지구 온난화와 자연재해로 전 세계가 참여하지 않으면 아무런 실효가 없다는 판단 아래, 2015년 11월 30일 파리기후협약에 195개국이 참여하는 총회를 개최하였다. 지구의 평균 온도가 산업혁명 시대에 비교해 2℃가 상승하지 않도록 하는 국제간 협약을 하였다.

최종 목표는 이산화탄소 배출의 제로화로 2050년까지 0%를 실천하는 약속이며, 그 중간 목표로 2030년까지 국가별 현재 사용량 대비 얼마를 낮출 것인지를 제출받았다.

지구 평균 배출의 40%를 낮추자는 것이 목표인데, 현재부터 약 6년 반 내에 실천해야 하는 국가별 과제이다.

다시 말하면, 현재 석탄과 석유 등 화석 에너지로 살아온 인류가 수력, 풍력, 태양광, 수소, 원전 등 친환경 신재생 에너지, 즉 탄소 배출이 되지 않는 에너지원으로 모두 옮겨가야 하는 것으로 전 지구인의 숙제인 셈이다.

이미 이 실천 과제에 여러 유럽 국가가 에너지 전환정책으로 나아가고 있지만, 인구과밀 국가인 중국과 인도는 아직도 석탄 발전소를 늘리고 있다. 두 국가의 인구를 합하면 약 30억 명으로 전 지구인 80억 명 가운데 38%를 차지하고 있다.

2021년 영국 글래스고에서 개최된 COP26의 주요한 합의 내용 중 눈에 띄는 것은 인도와 중국이 석탄 사용을 단계적으로 감축한다는 내용이다. 중국과 인도의 저항으로 석탄 사용의 '중단'이 아니라 '감축'으로 합의하였다.

선진국들은 개발도상국과 빈곤 국가에 대한 에너지전환 비용을 2025년까지 2019년 대비 두 배로 확대한다는 논의에 합의하였다.

금융기관들은 신재생 에너지 정책금융에는 지원하고 화석 에너지 연소 산업에서 자금 철회를 추진하는 데 동의했다.

그런데 이런 협약들이 법적 구속력이 없으므로 실천에 많은 어려움이 있다. 그러나, 매년 진행되는 의제에 계속하여 등장하고 다루어짐으로 긍정적 결과를 가져오지 않을까 기대해 본다.

여기서 우리가 아주 거시적 시각으로 알고 가면 좋지 않겠는가?

지금 어떤 방향으로 세계 UN 차원에서 지구 온난화를 바라보고 있고, 국제기구가 어떻게 작동하고 있는지. 그리고 그 영향으로 나라별 에너지 정책과 기업의 대처는 어떠하며, 우리 개인은 어떤 움직임이 있어야 할지 알아둘 필요가 있다. 기후와 에너지는 곧 우리의 삶의 터전이자 전부이기 때문이다.

14.

재생에너지 100%(RE100)
(RE100:Renewable Energy 100) = 재생에너지 100%, 친환경 에너지 100%

RE 100 = 재생에너지 100%

RE100과 파리기후협약

2050년 부터는 화석에너지(석유.석탄)등의 전력으로 생산된 제품은 국경을 넘어 수출할수 없다 - RE100
기업활동에 사용되는 에너지는 2050년부터 ,태양광. 풍력 등 재생에너지로만 생산해야함.

국내에서 가장 발빠른 기업
S.K그룹
S.K건설(SK에코플랜트)는 경남 고성군에 위치한 삼강엠앤티 기업을 M.A하여, 60만평의 방대개발(2025년 6월 완료)하여, 세계최고의 해상풍력기업이 되는 선도적 기업경영을 하고 있음.

파리기후협약(2015년 12월 12일) 유엔 기후협약 당사국총회(COP21)
산업혁명이전의 지구온도 2°을 낮추는 목표로 2030년까지
유럽 40% 각 나라별 30~60%의 탄소배출량 감축을 위해.
탄소중립실천과 에너지전환에 발맞추지는 195개국의 기후협약
(버락오바마 대통령 주도로 체결된 협정)

SEONhoPARK

이런 새로운 용어에 대해 상식적으로 알고 가는 것도 앞으로 살아갈 미래 세대에게는 유용한 정보가 될 것이다.

2050년까지 사용 전력의 100%를 풍력, 태양광, 수소, 수력 에너지 등 재생에너지로 충당하겠다는 다국적 기업들의 자발적인 약속이다.

한국의 RE100 가입 숫자는 미미하나 점차 가입을 희망하는 업체는 늘어나는 추세이다.

문제는 산업 통상부 통계로 한국 재생에너지 비율이 6.7% 수준에 머물고 있다. (2021년 11월 기준)

이 RE100은 2014년 영국의 비영리단체인 더클라이밋그룹(The Climate Group)과 탄소공개프로젝트(Carbon Disclosure Project)에서 발족했다.

아직까지는 민간 비영리기구이나 국제 협약 기구로 확정될 경우 국내 기업체는 RE100의 실행이 어려우면 RE100이 확보된 해외 사업장으로 옮겨야 하는 상황도 발생할 수 있다.

예를 들어 COP 총회에서 신재생 에너지로 생산된 제품이 아니면 교역할 수 없다고 하면 수출입이 막혀 버린다는 내용이다. 그래도 국경을 넘으려면 탄소 배출 비용을 얼마만큼 지불해라, 관세를 더 내라 등 트집을 잡을 수 있는데 그렇게 되면 기업은 경쟁력을 잃을 수밖에 없다. 이것은 저자의 상상이지만 현재 일어나고 있는 기후 위기의 경제 시스템과 선진국의 에너지 정책 움직임을 볼 때 정부와 기업, 개인까지도 관심을 가져야 할 것이다.

특히나 러시아-우크라이나 전쟁에 천연가스의 공급 부족으로 원자력 발전을 친환경으로 편입할 것이냐 아니냐의 논의가 치열하다.

프랑스의 경우 원자력 비중이 70%이며, 2030년까지 원자력 발전을 폐기하기로 정책 목표를 세웠던 독일은 다시 원전으로의 복귀를 고심하고 있다.

미국 바이든 대통령은 친환경 에너지를 정책 목표로 가지고 있지만, 소형 모듈 원전(SMR)을 포함한 신규 원전을 건설할 목표를 발표함으로써 원자력 발전의 역할을 강조하고 있다. 세계적으로 SMR 원자력에 관한 관심이 증가하고 있어 에너지의 방향에도 영향이 있을 듯하다.

15.
하늘에서 떨어질 수도 있는 커다란 호박

"경제는 아는만큼 보인다" 울산경제 14

하늘에서 떨어질 수도 있는 커다란 호박

독자 투고

박선호 해양기술/Min하우스 대표

"오렌지 크기의 우박 떨어졌다"
이탈리아 북부 사는 친구 카톡
예사롭지 않게 변하는 기상이변
우리나라 하늘도 안전하지 않아

이란·이라크 체감온도 66도 기록
세계 곳곳 기후재난 뉴스 계속돼
예측치보다 훨씬 빠른 기온 상승

사회 전반 에너지·생활용품 모두
화석 아닌 신재생에너지로 바꿔야
대전환의 시대 지구 온도 낮추기
전 세계의 동참 않으면 효과 없어

콩, 오렌지, 호박은 우리가 흔히 먹는 식품이다. 오렌지는 콩보다 크기가 200배 정도 크다. 또 큰 호박은 오렌지보다 100배 이상 크고 무겁다. 이탈리아 북부에서 20년째 태양광 사업을 하는 친구에게서 카톡이 왔다. 얼마 전 하늘에서 오렌지 크기의 우박이 떨어져 태양광 패널이 망가졌다고 했다. 기상이변은 대륙을 가리지 않는다. 불볕더위가 휩쓸고 있는 남유럽도 기상이변이 예사롭지 않은 것 같다.

어린 시절부터 봐 온 우박은 콩 크기였다. 그러더니 우리나라에도 몇 년 전부터 급격히 커진 우박이 떨어진다. 만약 호박만큼 커진다면? 생각하기도 싫은 일이다. 우박 커지는 속도가 가히 우려스럽다. 더 이상 커지지 않기를 바랄 뿐이다.

기후변화 앞에서 태양광에너지도 전혀 안전하지 않다. 우리나라 하늘에서도 큰 우박이 떨어질 수도 있다. 지난달 15일 집중 호우로 전국에서 많은 인명과 재산피해가 발생했다. 세계 곳곳에서 기후재난 뉴스가 끊이지 않는다. 지난달 16일에는 이란과 이라크 체감온도가 66도를 기록해 생존 한계선을 넘어선 것으로 보도됐다. 예측치보다 훨씬 빠르게 지구 기온에 가속도가 일어나고 있다.

기상이변의 시작은 이산화탄소가 만든 지구온난화 영향이다. 매일 오존층 사이를 나는 수많은 여객기와 화물기, 수만 개의 컨테이너를 싣고 오대양을 누비는 초대형 선박, 수많은 도로를 다니는 이루 셀 수 없는 자동차들, 고속철도, 전력을 생산하는 발전소 등 탄소 배출원이 부지기수다.

현재 전 세계 80억 명의 인류는 하루에 약 1억 배럴 가까운 원유를 소비하며 생활하고 있다. 하루 사용량을 1m 간격으로 드럼통을 세우면 10만 ㎞이며 지구 두 바퀴 반을 감을 수 있다. 전 지구인이 가정에서 매일 사용하는 의식주 필수품을 비롯해 화석연료가 사용되지 않은 곳이 없다. 지구온난화는 산업혁명 이후 농업사회구조에서 도시화로 진전되는 과정에서 나온 결과물이다.

많은 기후학자가 하루에 수 개의 핵폭탄이 터지는 에너지가 현재 지구상에서 발생하고 있다며 지구 과열화를 경고하고 있다. 화석연료의 누적 사용으로 지구는 온실화되고 있으며 평균기온 상승으로 모든 인류뿐 아니라 다양한 동식물의 생태계에도 큰 위협이 되고 있다. 북극과 남극 고산지대의 빙하가 급속히 녹으면서 생기는 초대형산불, 슈퍼태풍, 토네이도, 빅싱크홀, 지진, 홍수, 가뭄, 대형우박, 살인적 폭염도 그 산물이다.

세계 195개 나라와 국제연합(UN)이 지난 2015년 12월 프랑스 파리에서 기후변화 협약을 맺고 실천 의지를 보이고 있지만, 그 가시적 효과를 못 느끼고 있다. 우리가 주변에서 듣고 보는 각종 기후재난은 점점 심해지고 있는 것 같다. 협약은 산업혁명 이전과 대비해 지구의 평균기온 상승이 2도보다 낮은 수준을 유지하는 것이며, 가능한 1.5도 이상 넘지 않는 것을 목표로 하고 있다. 또한 탄소 배출량은 오는 2030년까지 40% 낮추고, 2050년까지는 탄소중립 제로를 실천하는 목표도 제시돼 있다.

현재까지 대부분 화석연료에 기반한 에너지 세계에서 사는 우리가 에너지 대전환 시대에 어떻게 대처해서 살아남을 것인지 정부와 기업, 각 개인의 공통된 목표와 실천이 되지 않고서는 실행하기 어려운 것이 사실이다. 2030년과 2050년은 많이 남은 시간이 아니다. 사회 전반의 에너지와 생활용품을 화석에너지로부터 탈피해 신재생에너지로 나아가야 한다. 많은 산업영역에서 사회적 합의와 실천이 요구되고, 대전환의 시대에 갈등과 힘겨루기가 증폭될 것은 뻔하다. 앞으로 더욱 큰 난제들이 거의 많은 업종에서 부닥치게 될 것이다. 우리 모두 이런 변화의 시대에 서로 협력하고 존중하며 도와야 살아남는다.

미리 준비하면 오히려 큰 기회의 장이 될 수도 있다. 미리 대비해야 생존의 기본조건에 진입했다 말할 수 있다. 에너지 협약이나 세계적인 큰 흐름은 초강대국의 정치적 상황에 따라 변화무쌍하지만 큰 흐름은 분명할 것이다. 지구 온도상승을 늦추는 일에 전 세계가 동참하지 않으면 아무런 효과가 없다. 그토록 자랑스럽던 첨단 과학기술과 문명이 이제는 인류의 생존을 위협하고 있다. 전 지구인의 사고방식 전환이 없이는 언젠가 하늘에서 떨어지는 커다란 호박을 목격할지도 모른다.

•외부 기고는 본지 편집 방향과 다를 수 있습니다.

이 원고는 지난 8월 1일 울산 경제신문에 기고한 내용이다.

제목: 하늘에서 떨어질 수도 있는 커다란 호박

콩, 오렌지, 호박은 우리가 흔히 먹는 과일과 식품이다. 오렌지는 콩보다 200배 정도 크다. 큰 호박은 오렌지보다 100배 이상으로 크고 질량도 무겁다.

위에 언급한 콩, 오렌지, 호박은 최근 하늘에서 떨어지는 우박의 크기를 표현해 본 것이다.

이탈리아 북부에서 20년째 태양광 사업을 하는 친구에게서 카톡이 왔다 하늘에서 오렌지 크기의 우박이 떨어져 태양광 패널이 망가져 버렸다고 한다.

이런 기후 변화 앞에서는 태양광 에너지도 결코 안전하지 않다. 우리나라에도 하늘에서 큰 우박이 떨어질 수도 있다. 기상이변은 대륙을 가리지 않는다.

더 이상 피해가 없기를 바란다. 우박의 크기도 문제지만 속도는 가히 우려스럽다. 어린 시절부터 봐 왔던 우박은 콩알 크기였다.

최근 몇 년 전부터 급격히 커진 우박이 하늘에서 떨어진다. 콩알만 하던 우박이 100배 크기로 커지는 데 불과 수십 년 걸린 거 같다.

더 이상 커지지 않기를 바랄 뿐이다. 호박만큼 커진다면? 생각하기도 싫은 일이다.

1주일 전 한국은 폭우로 전국에 많은 인명과 재산 피해가 발생했고, 전 세계 곳곳에도 기후 재난 뉴스가 끊이지 않는다.

로마 42도, 스페인 45도에 이어, 오늘 보도된 이란과 이라크의 체감온도는 66도를 기록하여 생존 한계선을 넘어선 것이다. 예측보다 훨씬 빠르게 지구 기온의 상승에 가속도가 일어나고 있다.

이런 기상 이변의 시작은 화석 연료에서 배출되는 이산화탄소가 만든 지구 온난화이다.

현재 전 세계 80억 명의 인류는 하루에 약 1억 배럴에 가까운 원유를 소비하며 생활하고 있다고 한다.

1배럴은 159리터다. 한 드럼통에 담긴 양을 일반적으로 1배럴이라 부른다. 하루 사용량 1억 배럴을 1미터 간격으로 세우면 십만 ㎞이며 지구 2바퀴 반을 감는 양이다. 이것이 현재 1일 사용량이다.

매일 오존층 사이를 나는 수많은 여객기와 화물 비행기, 수만 개의 컨테이너를 싣고 오대양을 누비는 초대형 선박, 전 세계 수많은 도로를 다니는 셀 수 없는 자동차들, 고속철도, 전력을 생산하는 발전소, 전 지구인의 가정집에서 매일 사용하는 의식주의 필수품, 화석 연료가 사용되지 않는 곳이 없다.

이것은 한마디로 산업혁명으로 농업사회구조에서 도시화로 만든 인류의 결과물이다.

많은 기후학자는 하루에 수 개의 핵폭탄이 터지는 에너지가 현재 지구상에 발생한다고 하며, 지구 가열화를 경고하고 있다.

며칠 전 뉴스에 보도된 서울대학교 지구과학부 연구진의 논문에 의하면, 지구의 자전축이 기울어졌다고 한다. 인류의 무리한 지하수 개발로 바닷물의 부피가 변화하였기 때문이라 밝히고 있다.

18세기 중엽 시작된 산업혁명으로, 100여 년 전부터 본격적으로 사용하기 시작한 화석 연료로 지구는 온실화되어 가고 있다. 또 북극, 남극, 고산 지대의 빙하가 급격히 녹아 그 영향으로 초대형 산불, 슈퍼 태풍, 토네이도, 빅 싱크홀, 지진, 홍수, 가뭄, 대형 우박, 살인적인 폭염, 평균기온 상승으로 모든 인류에게 생존의 위협이 될 뿐 아니라 다양한 동식물의 생태계에도 큰 위협이 되고 있다.

수십 년 전부터 이미 기후학자, 생물학자, 물리학자 등의 경고는 계속되고 있기는 하지만, 우리가 느끼고 주변에서 듣고 뉴스에서 보도되는 각종 기후 재난은 점점 심해지고 있는 것 같다.

이런 지구 기후 위기에 직면한 세계 여러 나라와 UN은 2015년 프랑스 파리에서 파리 기후 협약식을 맺고 실천 의지를 보였지만, 지구의 이상 기후는 더 심해지고 있다.

협약 목표는 산업혁명 이전과 대비하여 지구의 평균기온 상승이 2℃보다 낮은 수준을 유지하는 것으로, 가능한 1.5℃ 이상 넘지 않는 것을 목표로 하고 있다.

또한 탄소 배출량을 2030년까지 40%로 낮추고, 2050년까지 탄소 중립을 실천하는 목표도 제시되어 있다.

현재까지 대부분 화석 연료에 기반한 에너지 체계에서 사는 우리는 에너지 대전환의 시대에 어떻게 대처해서 살아남을 것인지 정부와 기업 각 개인의 공통된 목표와 실천이 되지 않고서는 실행하기 어려운 것이 사실이다. 또한, 선진국과 개발도상국 모두가 참여해서 나아가지 않으면 하나뿐인 지구의 생태계를 유지하기는 힘들 것이다.

사실 2030년이나 2050년은 많이 남아 있는 시간이 아니다. 이 짧은 시간 속에서 모든 제품을 생산하는 산업 에너지, 각 가정에서 소모하는 에너지, 개인 자동차, 대중교통, 발전소, 전력 발생에너지 등 사회 전반의 에너지와 생활용품을 화석 에너지로부터 탈피하고 신재생 에너지로 나아가야 한다.

많은 산업 영역부터 사회적 합의와 실천이 이루어지는 대 전환의 시대가 올 것이고 갈등과 힘겨루기가 증폭될 것이다.

예를 들면, 자동차는 내연기관이 기름 사용 자동차에서 전기차, 수소차로 옮겨가는 중이다. 현재 자동차 엔진과 부품은 2만 가지가 넘는데 전기차와 수소차 등 친환경 자동차로 완전히 옮겨가는 순간, 자동차 부품생산 종사자의 상당수가 구조조정이 될 것이다.

앞으로는 더욱 커다란 난제들이 거의 모든 업종에서 부딪히게 될 것이다. 우리 모두는 이런 변화의 시대에 서로 협력하고 상호 존중하고 도와야 살아남는다.

그러나 미리 준비하면 이는 오히려 큰 기회의 장이 될 수도 있다.

가령 화석 에너지로 생산된 제품은 국경을 넘을 수 없다 라고 할 수도 있다. 실례로 이미 "RE100(신재생 에너지 100%)으로 생산되지 않은 제품은 수출될 수 없다." 2030년부터는 이런 민간 단체들의 경고는 이미 많은 지지를 받는 터라 국제 협약으로 정착되면 그 파장은 실로 엄청날 것이다. 에너지 구조개혁은 하루아침에 이룰 수 없는 것이므로 미리 대비해야 생존의 기본 조건에 진입했다 말할 수 있을 것이다.

그런데 에너지의 생산과 사용은 나라마다 기후와 환경조건에 따라 다양하게 나타난다. 우리나라의 경우 국토의 70%가 산악지형으로 이루어진 특성상, 산지에 태양광을 설치하는데 폭우가 빈번한 요즈음의 환경으로는 적합하지 않은 것 같다. 오로지 나 개인의 의견이다. RE100보다는 CF100(Carbon Free 100% = 전력의 100%를 풍력, 태양력, 원자력 발전 등의 무탄소 에너지원으로 공급받아 사용하는 것) 등으로 나아가야 하지 않을까 하는 의견이다. 국내 정치권에도 논란이 일고 있고, 특히 미국에서는 지난 트럼프 대통령 집권 시 파리 기후 협약과 지구 온난화는 미국의 현실경제가 침체할 수 있다며 파리 기후 협약에서 탈퇴한 바 있으며, 조 바이든 대통령이 당선되면서 다시 파리 기후 협약에 복귀했다. 이처럼 에너지 협약이나 세계 큰 흐름은 초강대국의 정치적 상황에 따라 변화하지만 큰 흐름은 분명한 거 같다.

이런 기후 환경 변화를 극복하고자 ESG 경영(환경요인(Environment)·사회적 책임(Social)·윤리 경영(Governance)으로 친환경 및 사회적 책임경영과 투명경영을 통해 지속 가능한 발전을 추구하는 것)에 최선을 다하는 정부와 기업도 많이 있지만 변화에 역행하는 사례도 많아 가히 우려스럽다.

지구의 온도상승을 늦추는 일에 전 세계가 동참하지 않으면 아무런 효과가 없다. 특히 기름이 풍부한 중동 아랍에미리트의 두바이는 외부 온도가 50~60℃가 되어도 사막에 초대형 에어컨이 있고 인공눈이 있는 실내 스키장을 만들었다. 수백만 리터의 기름을 연소시켜 엄청난 양의 이산화탄소가 지구 대기권에 있지만, '우리는 열사의 땅에도 스키장이 있는 국가다'라며 온 세계 관광객에게 러브콜을 보내고 있다. 이런 첨단 과학기술과 문명이 이제는 인류의 생존 위협으로 다가오고 있어 염려스럽다.

아무리 더워도 우리는 시원한 빌딩 속에 있으면 문제 없어. 에어컨이 있는 비행기, 시원한 자동차, 지하철 등 전기 스위치만 올리면 돼. 이렇게 생각하는 우리는 사고방식의 전환 없이는 언젠가 하늘에서 떨어지는 호박을 목격할지도 모른다.

16.
반기문 전 UN 사무총장의 기후 업적
(파리 기후 협약 실천 앞당겨야 한다)

먼저 대한민국에서 UN 사무총장이 탄생했다는 것은 그 어떤 것보다 값지고 자랑스럽다. 한 국가의 대통령이나 정치 수반이 아니라, 전 세계를 이끄는 정치 지도자로 우리나라 출신인 반기문 총장님이 선택되셨기 때문이다. 그분은 개인의 영광을 넘어 대한민국의 국가적 위상을 국제 무대에서 한층 더 높이셨다.

유엔은 전쟁 방지, 평화 유지, 정치, 경제, 사회, 문화 증진 등이 주요 활동 목적이기도 하지만, 나 개인적으로 생각하는 가장 큰 업적은 따로 있다. 2015년 프랑스 파리에서 개최된 제21차(COP) 유엔 기후변화 협약 당사국총회에서 오바마 미국 대통령과 반기문 총장님의 주도로 195개국을 참석시켜 종료 시점 없는 협약- 지구 온도를 2℃ 낮추고 산업화 이전의 지구 온도로 회복하는 것-을 도출해낸 것이라 생각한다.

이제 그분은 퇴임하셨지만, 현 지구의 상황이 심각 단계를 넘어선 방향으로 진입했는데 이제 그 실천은 전 세계인의 선택에 달렸다.

17.
탄소 중립 캠페인 송

작곡: 미규(MIGÜ, 박민규)

지구가 뜨거워지지 않도록, 하나하나 바꿔가요

— 〈함께 가요, 탄소 중립〉 中

함께 가요, 탄소 중립

생물 다양송

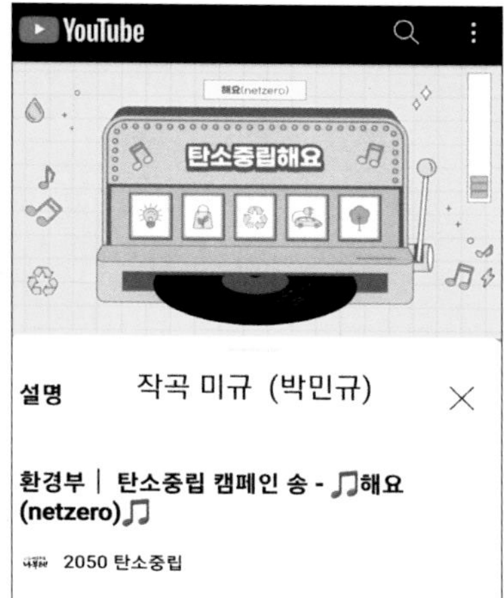

탄소 중립해요

독일에서 음악 공부를 하고 돌아온 아들에게 기후환경 위기에 대해 많은 이야기를 했다. 아빠는 왜 자발적으로 원유시추선 제작사업에서 사업을 접고 "친환경사업으로 가야 우리 인류의 미래가 안전하다"라고 강조하는지….

아들이 작곡한 노래처럼 지구가 뜨거워지지 않도록 작은 실천이 모두에게 요구된다.

2부

긴 노후 어떻게 건강하게 보낼 것인가

1.
베이비붐 세대 분들께

저자의 부친이신 93세 박충섭 남해군 노인대학 교수가 100세 시대에 대해 강의하는 모습

긴 노후를 어떻게 건강하게 보낼 것인가?

이 내용은 올해 8월 3일 자 인터넷 공감 신문에 기고한 내용이다.

흔히들 한국 베이비붐 세대의 출생 기간은 1955년에서 1963년 사이로 지칭한다. 1974년까지도 한 해 출생 인구가 100만 명을 넘어서서 그때까지를 칭하기도 한다. 1955년에서 63년까지의 출생자는 현재 나이가 60에서 70세 되신 분들이다.

1955년도 대한민국 인구는 2,100만 명이었고, 서울 인구는 157만 명이었다. 1966년도 2,900만 명, 서울 380만 명으로 10년 사이에 800만 명이 늘어났다.

이 산업화 기간에 인구는 약 3,000만 명의 증가를 보였다. 현재 인구를 5,100만 명으로 본다면 농촌에서 도시로 집중되면서 수도권인 서울 경기에는 현재 약 51% 가까운 2,600만 명이 살고 있다.

2023년, 이제부터 인구 통계는 감소하기 시작한다. 한해 100만 명씩 태어나던 출생자는 현재 20만 명 수준으로 감소하고 있다는 통계이다.

베이비붐 세대의 시대는 현재까지 10명의 대통령이 바뀌었고, 4·19혁명, 5·18 군사정권, 민주화 운동, IMF, 2008년 리먼 브라더스 사태까지, 숱한 고난의 역사 속에서 여러 산업현장, 학교, 공무원 등 여러 직업군에서 무에서 유를 창조해온 시기이다.

이미 은퇴하여 할아버지 할머니가 되셨거나, 부모, 자녀, 손자들을 돌보고 계실 것이다. 아직 현장에서 현역으로 계시는 분들도 계실 것이고 은퇴 준비를 하시는 분도 계실 것이다.

정말 수고하셨고, 동시대를 살아온 세대로서 다시 한번 수고하셨다고 말씀드리고 싶다.

이제 은퇴 후에도 긴 인생을 살아야 한다. 어떻게 시간을 보내고 긴 노후를 행복하고 건강하게 보낼 것인가. 다시 한번 어린 시절부터 청년, 현재까지 어떻게 살았는지 회상에 보자.

제국주의 잔재가 남아 있던 시대에 태어나, 전쟁의 잿더미 속에서 공산 진영과 민주 국가의 이데올로기 대립이 극심한 시대에 자랐고, "뭉치면 살고 흩어지면 죽는다."라는 구호 아래 단체 교복을 입고, 교련복을 입고 공부했다. 목총을 메고 군 제식 훈련처럼 학교 운동장을 돌기도 하고, 반공·멸공 포스터를 그리며 학창 시절을 보냈다.

뜨거운 열정으로 산업화 시대를 보냈고, 달러를 벌려고 열사의 사막 중동에 갔고, 독일에 광부와 간호사 파견과 월남전 파병을 떠난 부모님을 그리며 어린 시절, 학창 시절을 보내신 분들도 상당히 많았고, 흑백 TV에서 이런 뉴스를 보며 유년 시절을 보냈다.

이제는 모두 노년기로 접어 들었다. 자라날 때는 단체와 집단에 발맞추는 시대인지라, 똑같이 행동하고 생각하기를 강요받았다. 개인이 독창적이고 창의적인 행동과 생각을 하면 이단아, 똘아이로 취급당했다. 그러다 보니, 개인의 취미도 일부 계층을 제외하고는 크게 즐기지 못한 세대이다. 그런 분들이 이제 은퇴하고, 긴 노년의 문턱에 진입하고 있다.

은퇴 후에도 생업을 위해 70세까지는 일하고 싶다는 통계 자료가 속속 나오고 있으나, 노년의 일자리 찾기는 점점 힘들어진다. 국가와 지자체가 모든 노년층을 복지로 다 혜택을 드리기에는 아직 이른 감도 있는 거 같다.

각자의 집에는 자녀도 있고 손자, 손녀도 있을 것이다. 집에 있는 시간이 길어지면 자녀와 아이들과 소통하는데, 행동이나 언어표현 등에서 세대 차이가 나면 우리 할아버지, 할머니는 왜 이러냐는 소리를 듣고 뒷방노인 취급을 받을 수도 있다.

늦었지만 각자 좋아하는 취미를 계발하고, 자기 마음의 수양에도 힘써야 한다. 하루하루 건강 유지를 위해 운동도 열심히 해야 한다. 지금 시대는 자녀들이 자기 살기에도 힘든 시대라, 부모님에게 경제적 혜택과 보답을 드리기가 힘들 것이다.

그러나 많은 베이비붐 세대 어머니들은 자녀를 훌륭히 잘 키웠고, 이제는 자녀들이 출근한 빈자리에 손자, 손녀를 키우고 돌보는, 할머니가 다시 엄마 역할을 하는(again mother) 시대가 도래했다.

그러면서 자녀들의 경제활동으로 노부모와 자녀들이 충분히 행복해지는 사회가 되도록 되면 좋겠지만, 각 가정의 형편에 따라 소외되는 노년층도 많은 거 같다.

정답은 없으니, 각자도생의 시대에 자기에게 맞는 삶을 찾아 나서야 한다.

무엇을 해야 할까? 곰곰이 생각해 보고 설계해 보시라. 분명 정답은 아니지만, 자기에게 맞는 무엇인가가 기다리고 있을 것이다. 시간이 많으니 제2의, 제3의 직업을 가지더라도 현역 시절의 50% 정도만 짧게 일하고 나머지는 취미생활에 시간을 보내는 여유로운 삶을 살아야 할 것이다.

취미를 계발하는 티켓 터미널은 어디에 있는가? 일명 취미 정보다. 정보는 분명 개인 본인 생각 속에 존재한다고 본다. 무엇인가 배우고 즐기겠다는 생각으로 시작해 보시라.

굳이 학원이나 문화센터가 아니더라도, 책을 보며 배워도 좋고 유튜브로 공부해도 좋다. 무슨 취미든 본인에게 맞는 것을 하면 된다. 굳이 같이 가자고 권유하여 친구들과 마음 상할 필요도 없다.

마음 맞아 같이 하면 좋고, 운동도 좋고 대화도 좋다. 이제는 세상이 열린 세상이고 자유로운 세상이다.

지난 세월을 살아온 경험자로서 한국의 산업화시대 민주화시대 IMF 시대에, 자녀를 키우고 직장 생활하고 사업하고 공무원 생활하고 다양한 직업군에서 경험한 내용을 자녀들과 손자들과 재미있게 이야기 나누는 것이 좋다. 이는 곧 소통의 중요성이다.

아버지 어머니가 이렇게 살았으니 너희들도 이렇게 해. 우리는 다른 시대를 살았고 현재와 같을 수 없으니, 이런 말은 할 필요가 없다고 생각한다. 큰 잘못이나 벗어난 일이 아니면 그냥 자식들 인생관을 존중해 줘야 한다.

보통 자기가 좋아하는 일을 하는 장인이나 작가 예술가들은 힘들었지만 죽는 날까지 일을 했다고 한다.

나중에 언급하겠지만, 이탈리아 피렌체 공화국 출신 미켈란젤로는 조각가, 화가, 건축가, 시인으로 90세까지 예술혼을 불태우고 죽기 며칠 전까지 일했다고 한다. 조각은 메디치 가문의 후원으로 하나하나 배우고 익혀 장인의 경지에 이르렀다고 하지만, 그림은 오로지 본인의 생각과 신념으로 인류사에 남을 작품을 남겼다(천지창조, 최후의 심판). 현악기 제작 장인 스트라디바리우스도 자기가 좋아하는 현악기를 평생토록 만들다 즐겁게 가셨다고 한다.

참고로 필자 본인은 미술 학원에 한 번도 간 적 없지만, 1996년 8월 어느 날, 이탈리아 로마 시스티나 천장에 그려진 미켈란젤로의 프레스코화를 보고 그 당시에 큰 감동으로 남았고 그 감동의 순간이 모티브가 되었다. 서점에서 책 한 권 사 보고 내 나이 50세 때부터 스케치와 세상 기록을 취미로 가졌다.

여행하거나, TV에서 세계테마기행을 보다가 추억에 남는 장면이 나타나면 사진을 찍고 추억 스케치를 한다.

예를 들면 양산 통도사를 방문했는데 절이 너무 인상 깊었다. 찍은 사진을 보면서 절도 그리고 그 주변을 기록하고 노트한다. 다음에는 어느 절을 찾아서 무엇인가를 담아 볼까 이런저런 생각을 하다 보면 소풍 가는 마음도 생기고 마음이 설렌다.

또한 자기들이 걸어온 직업 세계를 스케치하는 것도 좋다. 이를테면, 나는 조선소에서 20년 이상 선박 제조 현장에서 일을 했다. 그래서 에너지 동향 변화와 선박의 제작과 형태 변화에 관한 생각을 그려 보기도 했다. 우리 6070-7080은 젊은 세대에게 멋지게 나이 들어가는 세대로 존경받도록 노력하자.

무엇인가 서툴러도 좋다 완벽하지 못해도 되고 화려하지 않아도 된다. 비싸게 차려입지 않아도 좋다.

박자가 틀린 기타 연주를 하면 어떤가. 못 그리고 엉터리 그림이면 어떤가. 서로에게 소박함에 감사하는 어른이 되자.

가장 가성비 있는 것은 무엇인가? 자기에게 맞는 것을 스스로 찾아 나서야 한다. 가벼운 운동도 좋고 봉사활동도 좋다. 무엇이든 본인이 편안하고 마음에 맞는 것이 최선이다.

그래서 나이가 들어갈수록 인문학적 사고방식은 마음에 편안함을 가져다주는 것 같다. 인문학은 풍요롭고 폭넓다. 우리 인류가 언제 어디에서 왔는가 하는 근원적 질문을 던져 보고, 인류학 고고학 역사 철학 종교 음악 건축 회화 등 여러 분야의 업적과 문명을 조용히 차근차근 읽어 보는 것도 좋은 시간이 될 것이다.

요즈음 굳이 해외여행을 직접 가지 않아도 충분히 간접 체험이 가능하다. 유튜브나 방송 다시보기 등 다양한 프로그램이 많아 많은 것을 보고 느낄 수 있다.

나이가 들면 대중교통도 무료이고 박물관 입장도 무료이다. 볼펜 한 자루 노트 한 권이면 족하다. 소박한 생각으로 넉넉한 마음을 가져보시라.

젊은 시절 많은 고생을 했으니, 이제는 정신 건강과 육체 건강을 잘 다스려서 자녀들이나 주변 가족들에게 아무런 피해 없이 본인 스스로 9988234를 잘 실천해야 한다.

'긴 병에 효자 없다'라는 말은 빈말이 아니다. 요양병원에서 오랜 시간을 보내는 일은 줄여야 한다.

자기 계발에 충실해서 인류사에 영원히 남을 작품을 남기고 떠난 르네상스 시대의 위대한 스승. 조각가, 화가, 건축책임자, 시인이었던 미켈란젤로처럼 멋진 노년을 살아보자.

그 옛날 중세 시대에 90세를 살며 죽는 날까지 작품 속에서 살다 가셨다고 하는데, 지금의 좋은 세상에서 100세 사는 것은 기본이다. 모두 모두에게 자기에게 맞는 21세기 르네상스를 일으키며 건강한 사회를 만들어 보자.

등수 만들지 말고, 개인의 소박한 작품에 박수 보내고, 학력 따지지 말고, 배려하고, 상대방 칭찬하자. 우리 세대가 모범을 보이면 차근차근 나아질 것이다. 그동안 너무 앞만 보고 달려온 결과물에 이제는 브레이크를 밟으며 차분히 돌아보자.

우리 베이비붐 세대는 서양의 300년을 50년 만에 이룩한 위대한 시대의 훌륭한 분들이므로, 현재 한국 사회가 겪고 있는 시대의 갈등도 충분히 해결하고 조정해 나갈 수 있다고 생각한다. 온 세계를 찾아봐도 이런 위대한 민족은 없다. 대한민국의 압축 성장 속에서 갈등은 충분히 있을 수 있고 이제는 그 힘으로 해결할 수도 있다. 우리가 얼마나 위대한 민족인지 모두 칭찬해 보자. 이 글을 읽고 공감하는 독자들의 마음도 이심전심일 것이라 생각한다.

2.
화가로 돌아온 조지 부시 미국 대통령 (2001~2009)

퇴임한 미국 조지 부시 대통령은 2년간 화가 수업을 받고 처음 그린 그림이 미국을 위해 싸우다 전사한 미군 장병들이었다고 한다. 푸른 제복의 군인들 초상화를 그리며 그들의 애국심을 추모했다고 한다. 그 후에는 세계 각국의 지도자 초상화를 그렸고, 각국 정상들에게 선물했다고 한다.

김해 봉하 마을에서 노무현 대통령 서거 10주기 추도식에 부시 대통령이 그린 노무현 대통령 초상화를 가족에게 선물했고 추도사를 낭독하는 일도 있었다.

조지 부시 대통령 시절, 뉴욕 무역센터 911 테러 발생으로 이라크 전쟁, 아프가니스탄 전쟁 등 두 건의 큰 전쟁을 치르게 되었다. 미군 전사자가 발생과 통치 기간의 여러 테러 등으로 받은 많은 스트레스를, 퇴임 후 그림으로 달래고 여생을 보내는 모습에 공감이 간다.

3.
경복궁과 인사동 거리

경복궁 경회루
요즈음 전통한복을 대여해서 입고,
고궁을 투어하는것이 유행이다.
전통과 현재가 공존하는 경복궁.
seonho park

요즈음 전통 한복을 대여해서 입고 고궁을 투어하는 것이 유행이다.

전통과 현재가 공존하는 경복궁 걷기도 좋다. 인사동 거리를 둘러보는 관광객과 외국인들도 다시 많이 보인다.

인사동 coffee shop 에서 -
북촌과 안국동거리를 바라보며 -

4.
성 베드로 대성당

PAVLVS
성 베드로 대성당
(착공 1506년 4월18 - 완공 1626년 11월18일)
미켈란젤로 참여기간 - (1547 - 1564)
이탈리아 로마 르네상스시대 대표적 건축물 성 베드로 대성당 공사기간은
120년의 세월이 걸렸다. 그중심에 미켈란젤로가 있었다.
SEONHOPARK
2023. 0.5. 17th

(착공 1506년 4월 18일~완공 1626년 11월 18일)

미켈란젤로 참여 기간(1547년~1564년)

이탈리아 로마 르네상스시대 대표적인 건축물인 성 베드로 대성당 공사 기간은 120년의 세월이 걸렸다 그 중심에 미켈란젤로가 있었었다.

5.
미켈란젤로,
그는 영원히 살아 숨 쉬고 있다

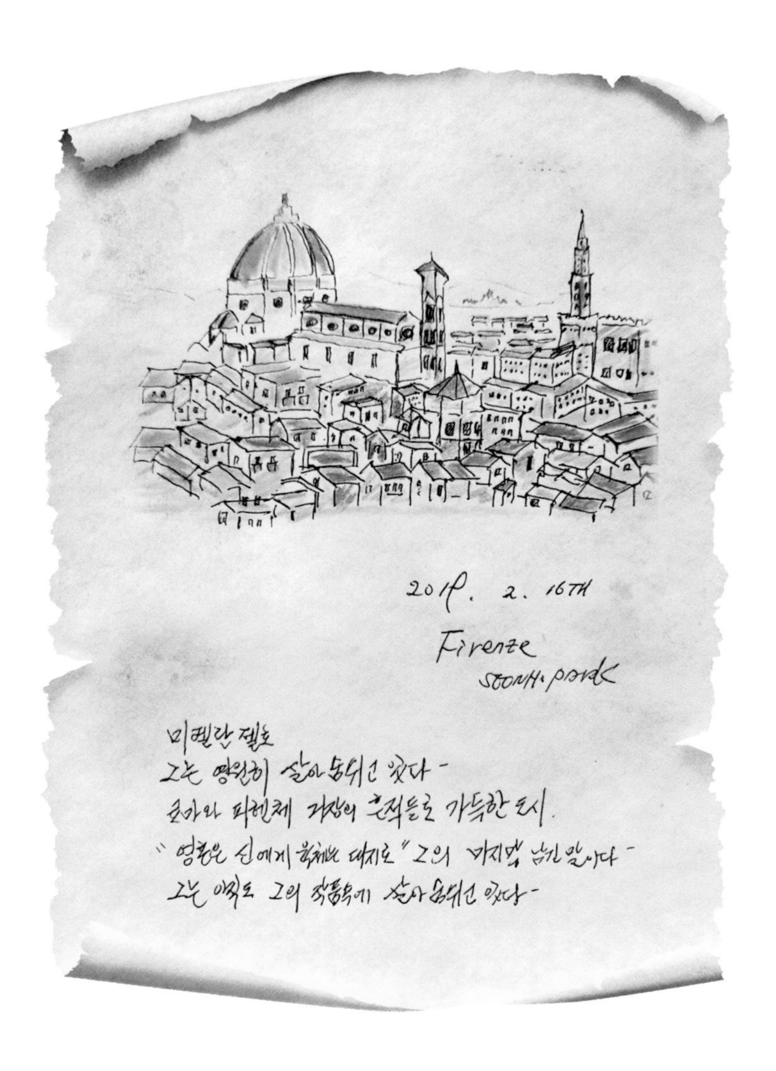

미켈란젤로가 탄생했을 때 유럽은 르네상스가 시작되는 시기였다. 그는 유럽이 어두운 중세 십자군 전쟁, 흑사병, 칭기즈칸의 유럽 침공 등 침울한 전쟁에서 벗어나, 1,500년전 문화의 절정기였던 고대 로마 제국의 시대로 돌아가자는 시기에 탄생했다.

메디치 가문의 후원과 교황 2명(클레멘스 7세와 파울루스 3세)의 명에 의해 그는 조각, 회화, 건축물 등 수많은 작품을 남겼다.

그가 24세 때 조각한 피에타('자비를 베푸소서' 의미)는 성모 마리아의 아름다움과 예수의 죽음을 슬프고 아름답게 표현한 작품이다. 미켈란젤로는 성모의 모성은 '마테르에클레시아(교회란 자비로운 어머니의 품과 같다는 개념)'를 강조했는데, 그 시대 수많은 사람으로부터 찬사를 받았다고 한다.

피에타의 유명세 덕분에 조각가 거장이 된 미켈란젤로는, 대성당 위원회로부터 골리앗을 물리치는 다윗을 조각해 달라는 의뢰를 받아 5미터가 넘는 다비드상을 완성했다.

조각 공부는 메디치가의 후원으로 기초부터 공부했지만, 그림 그리기 경험이 없었던 미켈란젤로는 교황의 명으로 천장화를 그려야 했다. 미켈란젤로가 시스티나 성당에 그린 천장화 '천지창조'와 벽화 '최후의 심판'을 보면 인간의 그림이 아니라는 생각마저 든다. 바라보면 볼수록 호흡을 멈추게 만든다.

천장은 높으며 돔 형태로 둥글며 평면도 아니다. 그러나 그림들의 입체 효과는 탄성을 자아낸다.

거장 미켈란젤로를 상상해 본다. 높은 곳에서 천장화를 그리려면 작업 받침대와 그림 도구, 조명이 있어야 하는데, 500년 전 그 시절의 방법으로 그는 신의 영역에 도달한 작품을 만들어 냈다. 미켈란젤로는 밤낮없이 오로지 작품 생각만 했을 것이며, 거의 초인적인 열정으로 작품을 만들어 갔다. 누워서 그릴 때 위에서 떨어지는 그림 분진과 물감 액체와 석고 가루는 그의 눈과 코, 온 신체를 힘들게 했을 것이다.

사람의 능력은 과연 어디까지일까 생각하게 하는 점이 바로 이것이 아닐까 생각해 본다.

1546년 미켈란젤로 나이 70세에 피에타(Pietà), 다비드상 등 수많은 조각 작품과 '천지창조', '최후의 심판'의 천장화에 이어 그의 인생에 새로운 도전이 기다리고 있었다.

1505년 착공해 40년 정도 공사 중이던 성 베드로 대성당의 건축책임자 안토니오 다 상갈로의 사망으로, 미켈란젤로가 그 후임으로 바디칸의 성 베드로 성당 건축 최고 책임자를 맡게 되었다. 미켈란젤로는 1563년 나이 90세로 세상을 떠날 때까지 19년간 이 건물에 매달렸다. 미켈란젤로의 유언이다.

"영혼은 신에게, 육체는 대지로 보내고, 그리운 피렌체로 죽어서나마 돌아가고 싶다."

나는 그의 작품과 거장의 일대기를 공부하면서, 인생은 짧고 예술은 길다고 하더니, 그는 떠나지 않았고 영원히 그 작품 속에 살아 있다고 생각한다.

그 예술가의 세계는 신화도 아니요, 진실 그 자체이다.

그분이 진정 조각가 화가 시인 건축가를 넘어, 예술을 신의 영역으로 옮겨 놓은 성인이 아닌가 싶다.

6.
이탈리아 베로나 아레나*Arena* 경기장에서

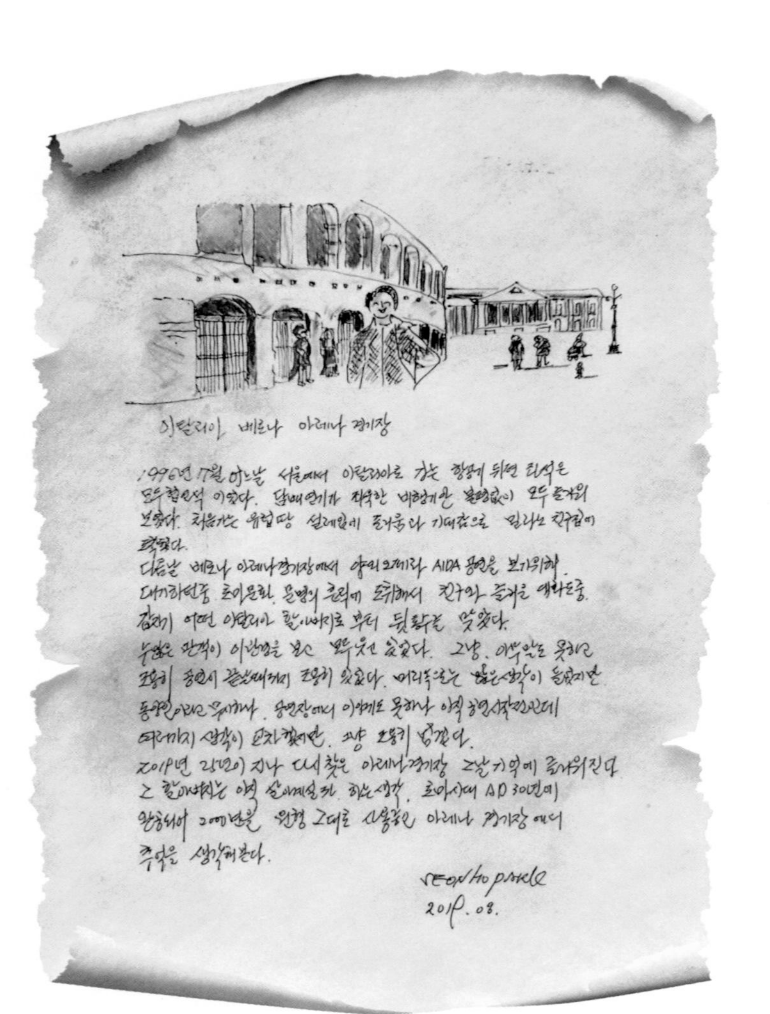

이탈리아 베로나 아레나 경기장

1996년 12월 어느날 서울에서 이탈리아로 가는 항공기 뒤편 좌석은 모두 흡연석 이었다. 담배연기가 자욱한 비행기안 승객들이 모두 즐거워 보였다. 처음가는 유럽땅 설레임에 즐거움과 기대감으로 떠나는 친구들이 [illegible].
다음날 베로나 아레나경기장에서 야외오페라 AIDA 공연을 보기위해 대기하던중 로마문화, 문명의 흔적에 도취해서 친구와 즐거운 대화도중 갑자기 어떤 이탈리아 할아버지로 부터 뒷통수를 맞았다.
수많은 관객이 이광경을 보고 모두 웃고 있었다. 그냥, 아무말도 못하고 조용히 공연이 끝날때까지 조용히 있었다. 머리속에는 많은생각이 들었지만 동양인이라고 무시하나, 공연장에서 이야기도 못하나 아직 공연시작전인데 여기까지 생각이 [illegible]. 그냥 조용히 넘겼다.
2019년 23년이 지나 다시 찾은 아레나경기장 그날 기억에 즐거워진다 그 할아버지는 아직 살아계실까, 하는 생각, 로마시대 AD 30년에 완공되어 2000년을 원형 그대로 사용중인 아레나 경기장 에서 추억을 생각해본다.

seonho park
2019. 08.

1996년 7월 어느 날, 서울에서 이탈리아로 가는 항공기 뒤편 좌석은 모두 흡연석이었다. 담배 연기가 자욱한 비행기안이지만 불평 없이 모두 즐거워 보였다.

처음 가는 유럽 땅. 설렘과 즐거움, 기대감으로 밀라노에 도착했다.

다음날 베로나 아레나 경기장에서 야외 오페라 아이다 공연을 보기 위해 대기하던 중이었다. 로마 문화, 문명의 흔적에 도취하여 친구와 즐거운 대화를 나누는 중에 갑자기 어떤 이탈리아 할아버지로부터 뒤통수를 맞았다.

수많은 관객이 이 광경을 보고 모두 웃었다. 그냥 아무 말도 못 하고 공연이 끝날 때까지 조용히 있었다. 머릿속으로는 동양인이라 무시하나, 아직 공연 시작 전인데 이야기도 못 하나, 여러 생각이 교차했지만 그냥 조용히 넘겼다.

2019년. 25년이 지나 다시 찾은 아레나 경기장, 그날 기억에 즐거워진다.

그 할아버지는 아직 살아 계실까? 하는 생각도 해 보았다. 로마 시대인 AD 30년에 완공되어 2,000년을 원형 그대로 사용 중인 아레나(Arena) 경기장에서 추억을 생각해 본다.

7.

구비오Gubbio

베니스
피렌체
구비오
로마
Gubbio (구비오) 이태리 중부 움브리아주 위치
길거리에 주차된 자동차대신 마차가 주차되어 있다면,
모든것이 중세그대로인. 건물, 도로, 광장 모두가 11세기 ~ 14세기
그대로 보전된 중세도시다. 로마. 피렌체. 베네치아. 밀라노등. 이태리 대표 도시와는
전혀 다른 느낌이다.
그냥 관광. 맛집레스토랑. 쇼핑. 눈에 띄는게 없는 황량함에 실망을 할수도
있겠지만, 중세와 성직자의 삶을 찾아 조용한 여행을 떠나는 분에게는
매력으로 느껴진다.
seonhopaek
2014. 02. 14th

길가에 주차된 자동차 대신 마차가 주차되어 있다면 모든 것이 중세 그대로인 도시 구비오이다. 건물, 도로, 환경 모두가 11세기에서 14세기 그대로 보전된 중세 도시다.

로마 피렌체, 베네치아, 밀라노 등 이탈리아 대표 도시와는 전혀 다른 느낌이다.

그냥 관광 맛집, 레스토랑, 쇼핑 등 눈에 띄는 게 없는 황량함에 큰 실망을 할 수도 있겠지만, 중세와 성직자의 삶을 찾아 조용한 여행을 하시는 분에게는 매력으로 느껴질 것이다.

8.
크리스토퍼 콜럼버스 생가 앞에서 역사 생각

이탈리아 북부의 제노바 출신 콜럼버스 생가를 방문해 보면 첫 느낌은 폐가, 관리하지 않는 문화재 정도이다. 현재 이탈리아 사람들에게는 관심 밖의 인물로 느껴질 정도로 초라하기 그지 없다.

당시 콜럼버스는 그 시대 베스트셀러인 동방견문록을 읽고 동생과 지도 제작일을 하다 에스파냐 이사벨 여왕의 후원으로 탐험을 시작할 수 있었다. 그는 함선을 거느리고 4차례 걸친 항해에서 아메리카 대륙을 발견하고 신항로를 개척한 공로로, 역사에서는 최초로 아메리카 대륙을 발견한 사람으로 알려져 있다.

출생은 이탈리아 제노바 공화국이지만, 활동은 대부분 에스파냐에서 활동하고 에스파냐에서 사망했다.

9.
베네치아 산 마르코 광장
Piazza San Marco에서

동방견문록으로 유명한 마르코 폴로에 대해 갑론을박이 여전하다. 그러나 현재의 이탈리아인들은 그의 업적을 기리고자 베니스에 도착하는 비행기는 반드시 마르코 폴로 공항에 도착한다.

베네치아 건설 당시 동양에서 가져온 후추는 유럽에서 약 500배의 이윤을 만들어, 현재의 베네치아 건설 자금에 엄청난 공헌을 한 것은 사실이다.

그러나 지구 온난화로 한 번씩 물속에 바닥이 잠기는 안타까움에 해수 방어벽 공사가 아직 진행되고 있다.

10.
판테온Pantheon

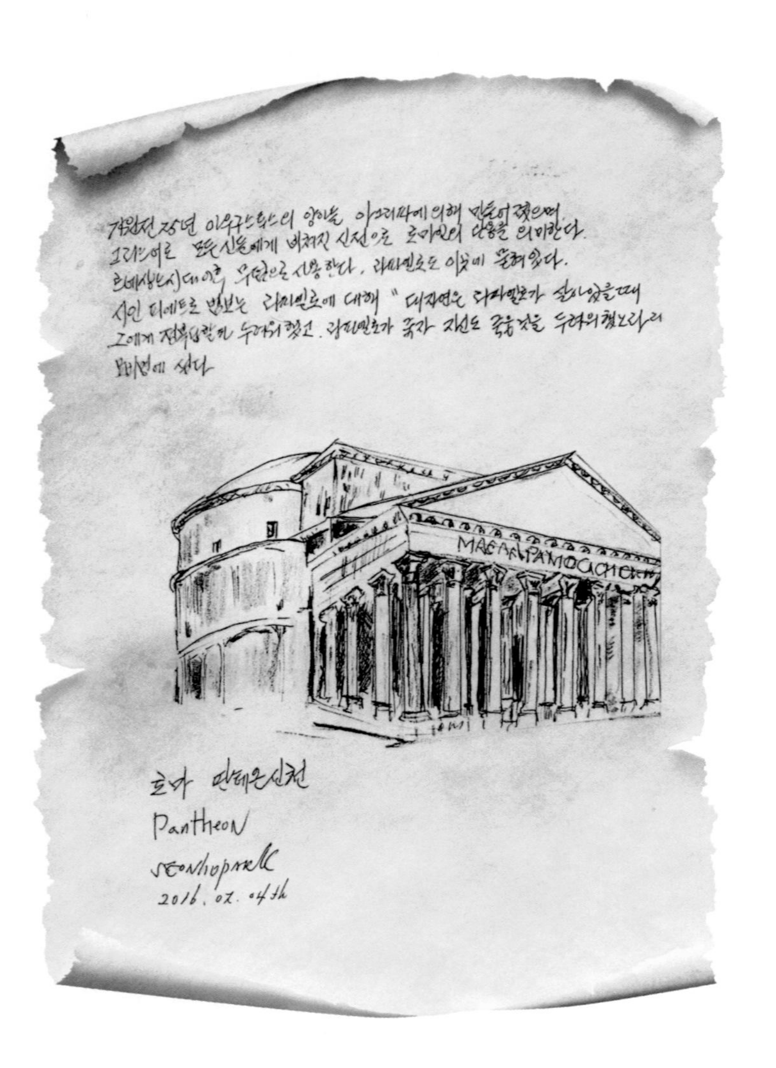

기원전 25년 아우구스투스의 양아들 아그리파에 의해 만들어졌으며, 그리스어로 '모든 신들에게 바쳐진 신전'이라는 뜻으로 로마인의 관용을 의미한다.

르네상스 시대 이후 판테온은 무덤으로 사용되었다. 라파엘로도 이곳에 묻혀 있다.

시인 피에트로 벰보는 라파엘로에 대해 "대 자연은 라파엘로가 살아 있을 때 그에게 정복당할까 두려워했고, 라파엘로 가 죽자 자신도 죽을 것을 두려워했노라."라고 묘비명에 썼다.

11.
콜로세움Colosseum

AD. 80년 준공

지름 188M 둘레 527M 높이 48M의 4층으로 5만 명을 수용할 규모로 웅장하며, 기독교 박해 당시 신도에게 사자, 맹수와 싸움시켜 학살의 장소로 사용되었다.

많은 다목적 경기장으로 활용되었으나, 르네상스 시대 성 베드로 성당 건축 당시 인위적으로 일부 구간을 허물어 부족한 건축 자재로 이용하였다고 한다.

현재 모습은 건축 기술이 우수한 로마 건축물로, 지진이나 자연적 파괴가 아닌 인위적 손상으로 이해하면 되겠다.

12.

피렌체 두오모Duomo 성당 그려 보기

카톡으로 보내온 피렌체 사진이다.

천둥 번개에 우박이 내리고 난리가 아니란다.

1996년 여름 어느 날, 집사람과 피렌체에 갔을 때 그렇게 큰 천둥 번개는 처음 느껴봤다.

13.
이탈리아 크레모나Cremona

아름다운 선율의 바이올린 스트라디바리우스를 만든 안토니오 스트라디바리(Antonio Stradivari)가 살았던 도시.

수많은 현악기 명기를 제작했던 도시로, 스트라디바리와 아직도 많은 후배가 모여 현악기 제조와 수리를 하는 등 전통을 이어가는 현악기의 성지이다. 이탈리아 크레모나(Cremona)를 눈 덮인 알프스를 넘어 찾았다.

크레모나 시내로 진입하는 회전교차로에는 바이올린 조형물이 있어 이곳이 악기 도시인 크레모나구나라는 생각이 들게 한다.

14.

성 베드로 대성당 신축을 위한 건축 미팅

교황 율리우스 2세가 브라만테, 미켈란젤로, 라파엘로에게 건축 도면을 펼쳐 놓고 대성당 건축을 주문하는 모습이다.

이 공사는 120년에 걸쳐 진행, 완공되었다.

건축 회의 모습을 상상하면서 이렇게 스케치하는 것도 소중한 즐거움이다.

15.

아테네학당과 르네상스를 재조명해보는 시간

(공감신문 기고문)

아테네학당 벽화는 1510년 로마교황 율리오 2세가 화가 라파엘로에게 지시하여 교황 개인의 서재로 사용하였던 '서명의 방' 벽면에 그린 프레스코화다.

나는 왜 이 그림을 스케치하며 여러 가지를 생각해 보는가?

그냥 그림만 보면 엄청나게 큰 그림을 웅장하게 잘 그렸네, 7미터가 넘는 길이에 5미터 높이의 벽에 웅장한 그림이구나. 이렇게 지나칠 수도 있다. 그다음 또 다른 방에 가면 다른 웅장한 그림이 나타나고.

나는 A4용지 연습장에, 나의 막내아들 나이인 27세에 라파엘로가 3년간 열과 성을 다해 그린 웅장한 그림을 한두 시간 천천히 색연필로 그려 보며 여러 가지를 생각해 본다.

당시 교황 율리오 2세는 성베드로 성당을 건축하는 역사적 일을 벌이는데, 미켈란젤로에게는 시스티나 성당의 천장화 '천지창조', '최후의 심판'을 그리게 지시하고, 라파엘로에게는 '아테네학당'을 그리도록 지시한다.

그 당시의 국책사업이다.

이 그림을 그릴 당시 16세기 초는 소크라테스, 플라톤 등 그리스 철학자들과의 시간은 약 2,000년의 세월 차가 난다. 예수님의 시대와는 1,500년의 세월이 차이가 난다.

현재로 보면 2,500년, 2,000년의 시간 차이 아닌가? 그리고 현재와 이 그림이 그려진 르네상스 라파엘로와는 약 500년의 세월 차이가 있고.

그런데 율리오 2세는 그 당시 성베드로 성당을 신축하는 계획을 하며, 자기 서재에 왜 예수님이 아닌 그리스 철학자들을 그리게 했을까?

21세기 현재 그것을 바라보고 역사적 발자취를 추적해보면 충분히 해석된다.

현재의 문학적 상상으로, 율리오 2세 교황, 그의 생각으로 들어가 보자.

나는 교황이다. 그런데 우리가 사는 요즈음 왜 이렇게 주위가 어둡고 암울하며 끝없는 전쟁과 질병이 있는가. 지친 백성들의 얼굴은 모두 웃음기가 없고 희망도 잃어버린 표정이다.

무엇인가 새로움을 갈구하는 집단적 외침이 조용히 교황의 귓가에 울려 퍼지지 않았을까?

기독교 탄생 1,500년의 세월 속에 우리는 탄압과 억압의 시대를 넘어 콘스탄티누스 황제의 명으로 기독교를 국교로 공인받았다. 수도를 콘스탄티노플로 옮기기도 했고, 다시 천년의 세월을 넘어 다시 로마로 돌아왔다.

우리를 시기하는 새로운 종교인 이슬람과 종교전쟁으로 우리의 삶의 터전은 전쟁터로 변했고, 십자군 전쟁과 흑사병으로 온 유럽 땅, 하느님의 땅과 하늘이 피로 얼룩지고 인구가 반토막으로 줄고 거리에는 죽음의 그림자가 가득한 시대가 되었다.

모두는 희망을 잃었고, 거리의 사람들은 검은 망토를 둘러쓰고 땅바닥을 쳐다보며 희망을 잃어간다.

나는 교황으로서 무엇을 해야 할까.

'오로지 주 예수 그리스도만이 구원을 얻는다.' 이렇게 외치면 우리 백성들이 나의 종교와 정치력을 믿고 따를까?

많은 생각들이 뇌리에 스치고 지났을 것이며, 무엇인가 대변화 대혁신, 새롭게 업그레이드된 새로운 세상의 대서막 르네상스를 생각하였을 것이다.

앞에서 내가 그려본 성 베드로 성당 신축을 위한 건축 미팅에서 브라만테, 미켈란젤로, 라파엘로와 건축 도면을 펼치고 회의를 펼친다. 원대한 계획이다.

예산은 어디서 조달할지 생각해야겠다. 지금까지 수 세기 유럽이 겪은 혹독한 전쟁과 페스트를 이 건축물에 멋진 회화와 접목해야겠다. 2,000년 전의 아테네학당에서 who am I, 인간은 사회적 동물이다, 너 자신을 알라 등을 논하던 철학의 세계에 다시 접근한 후, 1,500년 전에 탄생하신 예수님의 가르침을 이곳에 새롭게 재탄생시켜야겠다.

성 베드로의 순교 성지에 건축물을 신축하고, 거리 곳곳에 조각과 새로운 건축물로 새롭게 예술의 현장을 만들고 문화를 만들어 나가야겠다.

이는 오로지 나의 문학적 상상이다.

그림을 그리면서 이렇게 상상해 본다. 직접 현장을 가서 보았고, 여러 차례 TV에서 방영하는 테마기행도 시청했다.

그리고 서울대학교 경영대학원 도서관 주최 ABKI 수업에서 열정적으로 강의하는 김상근 교수님의 강의도 깊이 가슴에 남는다.

그리고 이 그림에서, 앞에 서 있는 두 사람은 플라톤과 아리스토텔레스다. 그리고 그 옆에 21세기 복장에 넥타이를 맨 학자를 넣어 그려봤다. 그는 인문학자일 수도 있고 목사, 신부, 스님 등 평범한 우리일 수도 있다. 이것이 인문학의 힘이라고 한번 공부해 보는 것이다.

무슨 생각으로 그렸나.

넥타이를 맨 사람이 2,500년 전 아테네학당으로 들어가서 그들과 토론할 수도 있고, 아니면 반대로 그들이 이곳 현재로 나와 토론하는 것이다.

율리오 2세가 르네상스를 일으켜 세우는 기초를 마련했듯이, 현재의 경쟁사회, 물질 만능의 사회, 신냉전의 시대, 기후 위기의 시대, 팬데믹이 출현하는 시대를 우리(인문학자)는 현대에서 겪어 보았으니 과거로 가서 토론해볼 수 있지 않을까 상상해 본다.

우리는 누구인가, 무엇 때문에, 무엇을 위해 살아가는지 근원적 질문을 던져 보는 시간을 가지려고 말이다. 앞서 살다 간 그들의 철학을 재조명해 보고, 나를 다시 돌아보고, 우리 공동체를 돌아보는 시간을 가졌으면 한다.

16.
지중해 작은 섬 몰타 *Malta*

지중해 몰타 마노엘 극장에서 유로 유니언 체임버 오케스트라(Euro Union chamber orchestra)와 협연을 위해 이탈리아 시칠리아에서 항공기 40분 거리에 있는 작은 섬, 제주도 6분의 1로 한국의 강화도 비슷한 크기인 몰타를 찾는다.

볼프강 아마데우스 모차르트의 바이올린 협주곡 5번(W. A. Mozart Violin Concerto No.5)으로 오케스트라와 협연하는 바이올리니스트 박민하, 나의 딸이 자랑스럽다.

섬 전체가 문화유산이며 작지만 알차다. 해안선은 대부분 높은 절벽으로 구성되어 있어 적으로부터 방어가 용이해 전체가 요새화된 섬이다.

유럽의 유명한 크루즈 선사가 많이 취항하며, 많은 관광객이 찾는 곳이기도 하다.

그러나 북아프리카와 매우 가까워서 많은 난민이 몰려오는 곳이기도 하다.

17.
요한 세바스티안 바흐
Johann Sebastian Bach

(1685년 3월21일~1750년 7월 28일)

독일의 작곡가이자 오르가니스트, 쳄발로(피아노 전 단계 중세 악기) 연주자, 개신 교회의 교회 음악가이다. 일명 음악의 아버지로 불리며, 베토벤보다 90년 전 태어난 음악가이다.

바흐가 활동한 시대를 바로크 시대(1703~1750)라 부른다.

바흐의 집안은 200년에 걸쳐서 50명 이상의 음악가를 배출한 음악가 집안이다.

특히 바흐의 종교 음악은 개신 교회 예배를 위해 작곡하였다. 주요 작품으로는 미사곡, 예배곡, 마태 수난곡, 요한 수난곡, 무반주 첼로 모음곡, 바이올린 협주곡, 브란덴부르크 협주곡, BWV992, 막달레나를 위한 클라비어 곡집, 골드 베르크 변주곡, 음악을 헌정(BWV1079) 등이 있다.

바흐는 라이프치히에 있는 성 토마스 교회 바닥 안에 잠들어 있다.

교회 앞에는 바흐의 동상이 서 있다.

18.

모차르트Mozart, W. Amadeus 생가 앞에서

2016년 올해, 어느 때보다 흥분되고 마음이 설레는 것은 모차르트 탄생 260주년 기념행사에 음악의 수도 오스트리아 빈에서 나의 딸(바이올리니스트 박민하)이 빈 오케스트라와 모차르트 바이올린 콘체르토 No. 5 협주곡의 협연에 초대된 것이다.

모차르트는 짧게 산 것 같지만, 그가 남긴 악보는 음악의 바이블이 되었다. 베토벤이 가장 닮고 싶어 했고 수많은 후배 음악도가 본받고 싶어 한다.

아인슈타인은 모차르트 작품은 '우주에 이전부터 존재해 왔던 내적 아름다움의 일부가 숨겨져 있다가 사람들에게 드러내 보이는 것 같다.'라고 극찬했다.

오스트리아 비엔나 잘츠부르크 시민들은 모차르트가 비엔나요 비엔나가 모차르트라는 일체감으로 가득 차 있다.

모차르트 기념품 가게의 모든 로고는 모차르트 그림으로 가득하다. 볼펜, 초콜릿, 공책, 엽서, 아이스크림, 기념 목걸이, 커피잔, 파스타 접시 등 그의 초상화는 전 오스트리아 국가대표 광고모델이 되어 260년을 이어 가고 있다.

인생은 짧고 예술은 길다라는 말이 이곳에서 시작된 게 아닐까 싶다.

19.
체코 프라하 드보르작(Dvořák) 홀

2016년 1월 2일, 체코의 테플리체와 드보르작(Dvořák) 홀에서 신년 음악회 초대 받은 것은 큰 영광이다.

체코 오케스트라와 베토벤 트리플 콘체르토(Concerto)를 연주할 예정이다.

특히 차이코프스키 콩쿠르 우승자 Cellist Kirill Rodin과 같이 협연하여 기쁨을 더한다.

20.
드보르작
(Dvořák. 1841~1904)

드보르작 (1841 - 1904)

프라하 근처 작은 시골 마을에 태어난 드보르작은 아버지가 도축업에 종사했다. 아버지를 따라 자라면서 도축업 자격증도 보유하고 [illegible] 보인다. 클래식 작곡가와 도축업, [illegible] 조합이) 안 맞다.

드보르작이 나이 40 - 50세 사이에 유럽은 파리 에펠탑이 세워지고 뉴욕은 빌딩 숲으로 변하면서, 자유의 여신상도 설치될 시대이다 증기선의 개발로 유럽과 미국 뉴욕으로 오가는 사람도 상당했던 것으로 알려진다. 수많은 곡으로 유명한 드보르작이지만, 대표적 교향곡 신세계 교향곡은 유럽에서 미국으로 건너가 뉴욕 맨해튼의 웅장한 모습에 [illegible] 뉴욕 [illegible] 있을 때 (1892 - 1895) 사이에 작곡된 것으로 알려져 왔다. (뉴욕 맨해튼이 완성되어 갈 때, 조선은 전부 초가집에서 살았다)

SEONHOPARK

2016. 01. 4th

드보르작은 프라하 근처 작은 시골 마을에서 태어났다. 아버지가 도축업에 종사했는데, 자라면서 아버지를 따라 도축업 자격증도 보유하고 가사를 도운 것으로 보인다. 클래식 작곡가와 도축업, 무엇인가 조합이 안 맞다.

드보르작의 나이 40~50세에 유럽은 파리에 에펠탑이 세워졌고 뉴욕은 빌딩 숲으로 변화하면서 자유의 여신상이 설치되었다. 증기선의 개발로 유럽과 미국 뉴욕으로 오고 가는 사람도 상당했던 것으로 보인다.

드보르작은 수많은 곡으로 유명한데, 그중 대표적 교향곡 '신세계 교향곡'은 유럽에서 미국으로 건너가 미국 국립음악원 음악감독으로 있을 때(1892년~1895년), 뉴욕 맨해튼의 웅장한 모습을 보고 작곡한 것으로 알려져 있다.

뉴욕 맨해튼이 완성되었을 때 우리나라 조선은 대부분 초가집에서 살았다.

21.
독일 몬타바우어
Montabaur

몬타바우어는 프랑크푸르트 반호프(중앙역)에서 이체(ICE, 고속열차)를 타면 45분에서 50분 정도 거리이다. 주변에 옛 수도인 본(Bonn)과 코블렌츠(Koblenz), 림부루크(Limburg), 쾰른(Köln), 마인츠(Mainz) 등이 주변에 있는 중소 도시이다.

세계 2차 세계 대전 당시에도 이 도시는 폭격 당하지 않아 중세 원형 그대로를 유지하고 있다.

란데스 뮤지크 김나지움(Landes musik gymnasium)에 다니는 아들은 서기 1,400년대에 지어진 집에서 학교에 다닌다. 이 집은 태조 이성계가 조선을 건국한 지 얼마 지나지 않은 조선 초기에 지어진 집이다. 600년 넘게 오래된 집을 수리하여 살고 있는 독일인들의 모습이 참 흥미롭다.

하루 정도 시간을 내어 차근차근 둘러보기를 권한다. 옛날 신발 수공예품을 만들던 전통 도시임을 보여주듯, 도시 로터리 입구와 군데군데에 큰 신발 조형물들이 있다.

특히나 구도심에는 독일의 오래된 전통 가옥들을 볼 수 있으며, 몬드링 지역으로 오면 정원이 웅장한 현대식 저택들의 신도시들을 볼 수 있다.

역사 주변에는 아웃렛이 새로 지어져 주말에는 많은 사람이 모이고, 유명한 음악학교인 란데스 뮤직 김나지움이 있다.

구도심과 신도시 주변에는 경비행기 전용으로 잔디 비행장 활주로가 넓게 펼쳐져 있다.

차가 있다면 몬타바우어에서 코블렌츠로 가는 한적하고 조용한 숲속 드라이브를 추천한다.

22.

베를린Berlin 가는 길

독일에서 독일연방 국립청소년오케스트라 단원인 딸아이가 베를린 필하모니 오케스트라 전용 연주홀에서 연주가 있어 베를린으로 향한다.

국내선인 작은 소형 비행기다.

베를린에 도착하면 베를린 장벽에서 통일 독일의 역사 기행을 꼭 해야지 하는 마음으로 베를린으로 향한다.

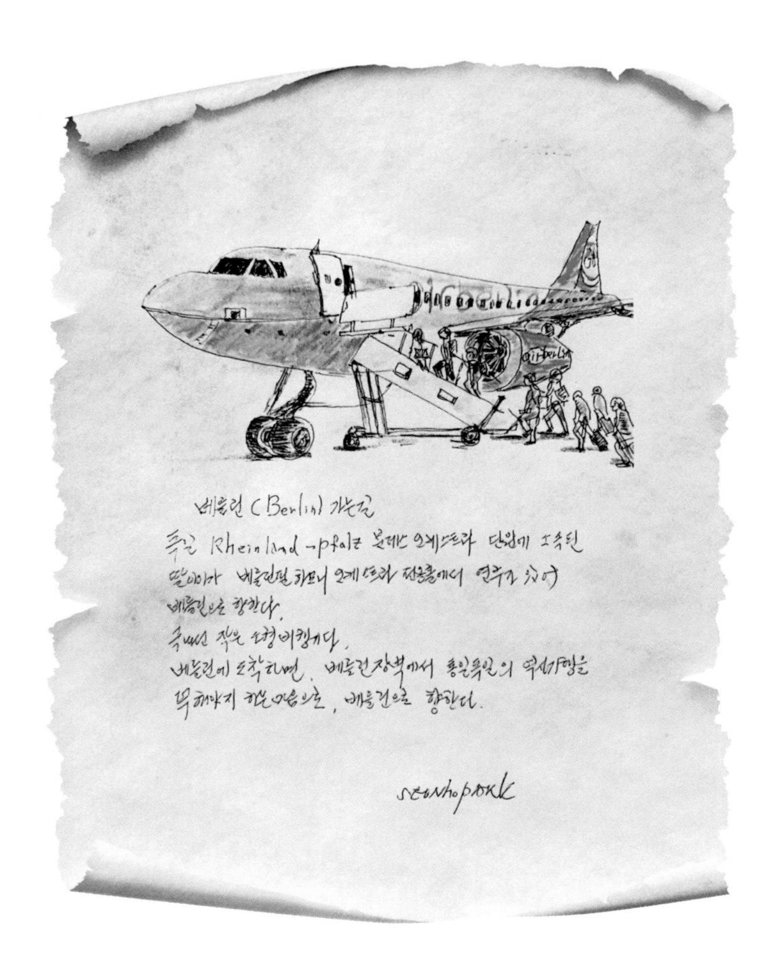

23.
독일 베를린 장벽에서 역사 읽기

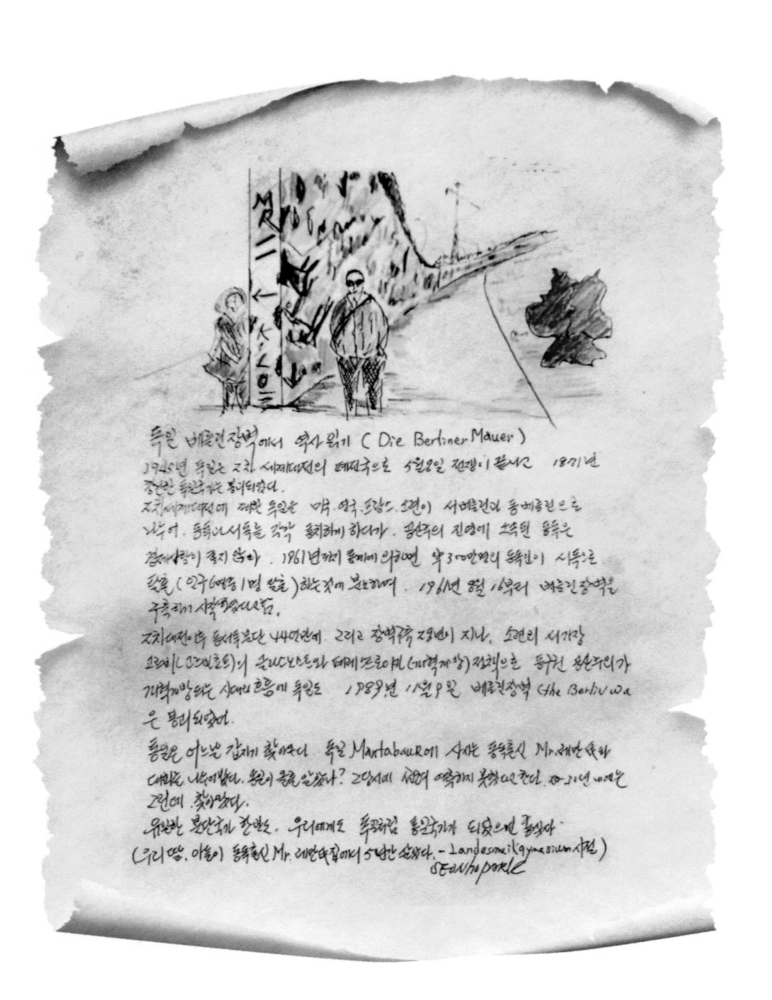

1945년 독일은 2차 세계 대전의 패전국으로 5월 8일 전쟁이 끝나고, 1871년 창건한 독일 국가는 붕괴되었다.

2차 세계 대전에 패망한 독일은 미국, 영국, 프랑스, 소련이 서베를린과 동베를린으로 나누어 동독과 서독을 각각 통치하였다. 공산주의 진영에 속한 동독은 경제 상황이 좋지 않자, 통계에 의하면 1961년까지 약 300만 명의 동독인이 서독으로 탈출하였다. 이에 분노한 동독은 1961년 8월 16일부터 베를린 장벽을 구축하기 시작하였다고 한다.

2차 세계 대전 이후 동서독 분단 44년 만에, 그리고 장벽 구축 28년이 지나 소련의 서기장 고르바초프의 개혁 개방정책으로 동유럽 공산주의가 개방되는 시대 흐름에 따라 독일도 1989년 11월 9일 베를린 장벽이 붕괴되었다.

통일은 어느 날 갑자기 찾아온다. 독일 몬타바우어에 사는 동독 출신 레만 씨와 대화를 나누어 봤다.

통일이 올 줄 알았느냐? 그 당시에 전혀 예측하지 못했다고 한다. 일반 시민들은 20~30년 내에는 어려울 거라고. 그런데 갑자기 찾아왔다.

유일한 분단국가인 우리에게도 독일처럼 통일이 어느 날 갑자기 찾아올지 모른다.

(우리 딸, 아들이 동독 출신 레만 가족과 5년간 살면서 학교에 다녔다.)

24.
데트몰트Detmold 들녘에서

데트몰트는 노르트라인베스트팔렌주에 속하는 소도시이다. 프랑크푸르트(Frankfurt)에서 자동차로 3시간 거리에 있으며, 빌

레펠트(Bielefeld)에서 동쪽으로 30㎞이고, 하노버(Hanover)에서 남서쪽으로 약 100㎞ 거리에 있다.

데트몰트에서 남서쪽으로 약 5㎞ 산 정상에 헤르만(Hermann) 기념비가 있다. 이 기념비는 9세기 로마와 전투에서 승리한 것을 기념하기 위해서 만들어진 것이다.

데트몰트에는 음악 대학이 유명한데, 독일 학생뿐만 아니라 해외 오디션을 통한 세계 각국의 학생들이 모여 공부하고 있다.

대학 외에도 데트몰트 야외 민속 박물관이 유명하다. 이 박물관은 약 100여 채의 역사적 건축물로 이루어져 있다.

이 박물관에서 흥미롭게 본 것은 농업, 문화, 전통, 농기계 전시장인데, 중세 시대에 만들어진 농사용 풍로는 우리나라의 전통 풍로와 흡사했다.

전통가옥 안으로 들어가니 1층은 가축이 살고 2층은 계단 위에 사람이 같이 살았단다.

동서양의 수출 교류가 없었던 시대에 만들어진 기구들도 서로 비슷하게 만들어진 것을 보면 대단히 흥미롭다.

대학교 반대편으로 오면 경비행기 전용의 넓은 잔디 비행장을 볼 수 있는데, 많은 사람이 취미로 비행 연습을 즐기는 광경을 볼 수 있다.

비행장 주변의 울타리를 따라 길게 펼쳐진 산책로는 조용한 사색의 장소로 좋은 거 같다.

강아지와 함께 오솔길을 걷는 오후의 햇살이 참 한가롭다.

25.
영국 런던 타워브리지
Tower Bridge 앞에서

독일 선사 크루즈를 타고 네덜란드 암스테르담을 거쳐 영국 도버에 선박을 정박하고 버스를 타고 영국 런던 타워브리지에 도착했다.

이 선박에는 우리 가족을 제외하고는 전부 독일 현지인이다.

아직 아들딸이 독일 학생이라 방학 기간의 독일 선사 크루즈 여행 비용 일체가 무료이다.

그러나 부모와 동반해야 하고 보험료는 개인이 부담해야 한다. 이것을 보면 독일은 자동차를 타고 고속도로를 달려도 톨게이트마다 통행세도 모두 무료이고, 아이들이 다니는 국립 학교 학비는 무료이다. 그리고, 도시에 다니는 지하철, 트램, 버스, 기숙사비 등의 비용이 상당히 저렴하다. 그 많은 복지 재원이 어디에서 나오는지 항상 의문이다.

조건은 독일 국립학교에 한한다. 사립학교의 경우 비용이 상당히 비싼 것으로 알려져 있다.

국립학교에 입학하기 위해서는 독일어 능력이 수업받을 수 있는 수준에 도달해야 한다. 그러나 대학 진학률은 50%도 되지 않는다. 영국도 마찬가지이다.

우리나라로 치면, 중학생만 되면 학생이 장래에 기술을 익혀 장인으로 직업을 가질 것인지, 공부를 열심히 하여 대학에 진학하여 머리로 사는 학자가 될 것인지, 변호사 의사 등 전문직으로 갈 것인지 장래를 결정한다.

독일에는 하우프트슐레(Hauptschule), 레알슐레(Realschule), 그리고 김나지움(Gymnasium) 이렇게 세 가지 종류의 학교가 있다. 대학에 진학하지 않을 대부분의 아이들은 하우프트슐레(9학년)나 레알슐레(10학년)를 졸업 후 직업전선에 뛰어든다. 김나지움 과정을 졸업 한 학생은 한국에서 고등학교 과정을 졸업한 것과 동일하다.

그러나 학생들 사이에 서로 등수를 정하거나 실업계 선택을 한다고 서로 무시하거나 그런 것은 없다. 또한 졸업 후에 학생들이 어떤 직업을 가지든, 특히 현장에서 기술자나 전문 엔지니어가 되더라도 사회 시선에서 차별하거나 저임금이거나 차등을 두지 않는다.

그래서 어린 학생들부터 학교생활이 항상 자유롭고 뛰어노는 시간이 많다. 우리나라 학생들처럼 학교 수업을 마치고 과외 수업이나 학원을 다시 가는 경우는 거의 없다.

해가 지지 않는 나라, 전 세계를 지배했던 영국의 수도 런던에 와서 왜 이런 생각을 하는 걸까?

처음 한국에서 독일로 유학해 왔을 때 독일어가 준비되지 않아 처음 1년간은 독일 남부에 있는 사립학교에 입학했다. 운 좋게도 그 학교는 대영제국의 엘리자베스 여왕의 남편 필립 공과 찰스 황태자가 다닌 학교이기도 하다.

이 작은 섬나라가 불과 2세기 전, 호주, 아프리카, 인도, 캐나다 등 전 세계를 지배하고 미국까지도 식민 지배를 했던 나라이다. 위대한 영국의 힘은 어디서 시작된 것일까를 생각해 본다. '바다를 지배하는 자, 세계를 지배한다'라는 말을 생각하고, 다시 배를 타고 스페인으로 향한다.

salem
salem
salem
찰스 왕자
필립공
민규
민하
학교동문의 자랑스러움
영국엘리자베스 남편 필립공과 찰스황태자(현국왕)은 독일학교 동문
슐러스 살렘 (Schule schloss salem)은 독일남부.
Bodensee 호수와 가까이 있고, 스위스와 가까운 지역입니다.
독일유학중 이학교를 아들, 딸이 입학한 것은 큰 행운이다.

26.

튀르키예 에페소스 켈수스 도서관

Celsus Library

BC100년경에 건축한 원형 극장을 관광하고, 켈수스가 지녔던 지혜, 덕, 판단력, 학문을 의인화한 4개의 여인상과 그 옛날 1만 2,000권 이상의 도서가 있고, 학문과 토론을 펼친 동로마 제국의 흔적을 느끼고 돌아가다.

27.
히에라폴리스 파묵칼레
Hierapolis Pamukale

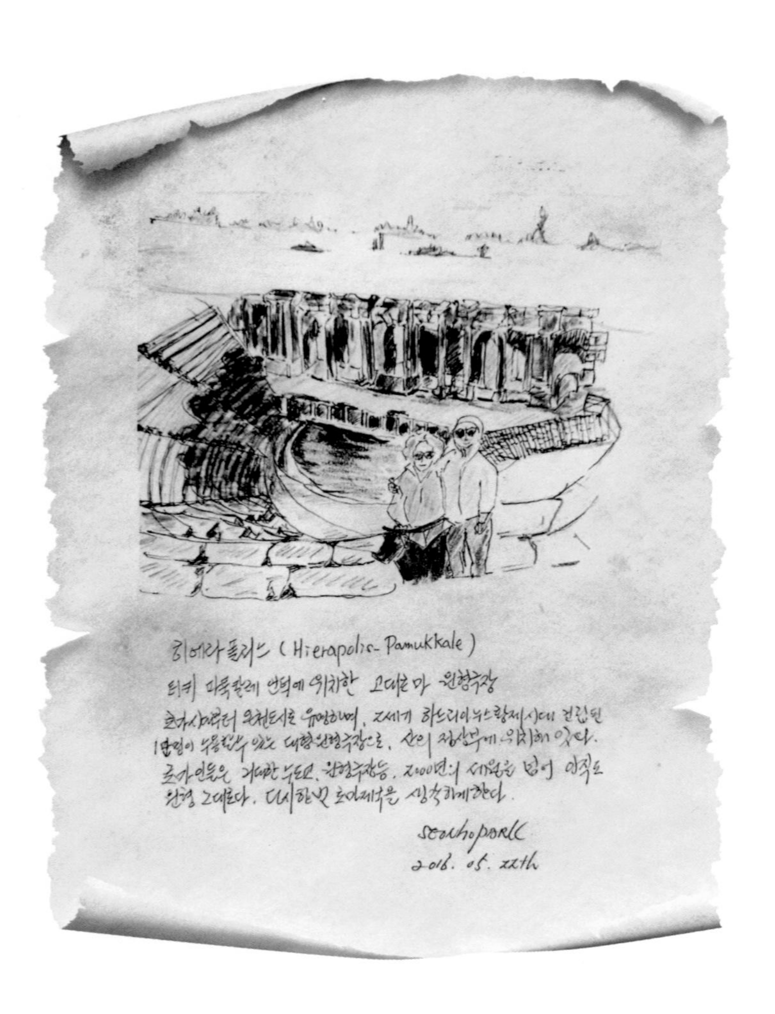

튀르키예 파묵칼레 언덕에 있는 고대 로마 원형 극장

로마시대부터 온천 도시로 유명하며, 2세기 하드리아누스 황제 시대에 건립한 1만 5,000명을 수용할 수 있는 대형 원형극장으로 산 정상 위치에 있다.

로마인들은 거대한 수도교, 원형 극장 등 2,000년의 세월을 넘어 아직도 원형 그대로다.

다시 한번 로마 제국을 생각하게 한다.

28.

트로이 목마

영화를 인상 깊게 보았는지 트로이 목마에 그리스 군사 전통 병사 복장으로 목마 위에 올라 봤다.

우습기도 하고 기습공격을 준비하는 그리스 옛 군사가 되어 본다.

29.

이스탄불 아야 소피아 성당

Hagia Sophia Mosque

이스탄불은 기독교와 이슬람교의 문화가 혼재된 곳이다.

13세기 라틴 제국에 의해 점령당해 로마 가톨릭교회 성당으로 지어져 돔 구조에 성화 모자이크가 새겨졌으나, 이후 오스만 제국이 지배하면서, 벽화 위에 덧방 시공 형태로 다시 이슬람 모스크로 개조하여 두 종교가 한 곳에 혼재한다.

기독교와 이슬람교 두 종교를 비교하며 관람한다면 흥미로울 것이다.

30.
튀르키예 카파도키아
Türkiye Cappadocia

카파도키아를 처음 본 순간 우주의 또 다른 행성에 도착한 느낌이다.

마치 스타워즈 영화처럼 어느 이름 모를 행성에 서 있는 느낌이다.

수백만 년 전 화산 폭발과 오랜 풍화작용이 만들어 낸 응회암의 기교는 감탄을 자아낸다.

온 사방이 붉은 사암으로 이루어진 로즈밸리는 자연과 인간이 공들여 만든 수많은 동굴로 가득하다. 로마의 박해를 피해 건너온 기독교인들이 바위 계곡 사이사이에 만들어 놓은 지하교회, 생활 거주지, 마구간, 납골소 등 수많은 지하도시 건설 흔적에 감탄이 절로 나온다.

빛이 들어오지 않는 지하 도시의 프레스코화는 지금도 선명하게 남아 있다.

오늘 날씨가 허락하지 않아 열기구를 타고 하늘에서 내려다보는 카파도키아 관광은 뒤로 하고 다시 수도 앙카라로 향한다.

31.
산토리니
Santorini

라틴제국 시절 베네치아의 지배를 받으면서 산타 이리니(Santa Irini)라고 불리다, 산토리니가 된 것이다.

산토리니라는 이름으로 남아 있는 그리스의 아름다운 섬이자 관광 도시.

32.
아부심벨 이집트

람세스 2세 시대에 만들어진 아부심벨은 2400년간 모래속에
묻혀 있어서. 다른 신전에 비해
유적이 많은 나라는 문화재 보전에 고민도 많다. 1964년 이집트
아스완 하이댐 공사로 수몰하기에 놓인 아부심벨신전을 65M 상부 고지대로
보여주고 있다.

람세스 2세 시대에 만들어진 아부심벨은 2400년간 모래 속에 묻혀 있어 다른 신전에 비해 훼손이 덜 당할 수 있었다.

유적이 많은 나라는 문화재 보전에 고민도 많다. 1964년 이집트 이스완 하이댐 공사로 수몰 위기에 놓인 아부심벨 신전을 65M 상부 고지대로 조각내어 옮겨서 현대 시멘트 공법과 고대 기술이 결합 되어 현재를 보여 주고 있다.

33.
스위스 루체른 호수

Lake Lucerne

‘4개의 숲을 가진 호수’라는 뜻의 루체른 호수에서 전통 스위스 유람선을 타고 알프스의 산과 호수를 바라보노라면, 자연이 아름다운 곳에 사는 것이 얼마나 큰 축복인가 생각해 본다.

목제 천장의 아름다움이 더해주는 카펠교를 따라 아주 천천히 걸어본다. 곳곳에 역사를 알려 주는 그림도 감상하고 호수의 매력에 빠져 본다.

34.

스위스 마터호른Matterhorn 4,478m에서

스위스 체르마트에서 곤돌라를 타고 마터호른 봉우리를 바라보면, 정상에는 예수님의 십자가가 스위스 아래를 내려다 보고 있다.

마터호른을 가려면 체르마트 도시 진입 전에 테쉬(Täsch)라는 지역에 자동차를 주차하고 기차를 타고 가야 한다.

기차에서 내리면 골프카보다 약간 큰 정도의 작은 전기차 를 타는데 산촌 도시에 맞게 제작된 거 같다.

만년설과 협곡의 보호와 거리 질서를 위해서 일반 화석 연료 자동차나 일반 차는 진입 금지다.

마터호른을 바라보려고 기차를 타거나 곤돌라를 타고 오르면 정상이 보이는 글래시어 파라다이스에 도착해서 즐기는 것도 좋고, 수네가(Sunnegga) 전망대에서도 좋고, 산악열차를 타고 고르너그라트(Gornergtra) 전망대에서 바라보는 마터호른도 장관이다.

35.
비엔나 연주를 기다리는 오스트리아 관객들

모차르트 탄생 260주년 기념 연주회가 열리는 오스트리아 슈테판 성당과 시내 중심가 성당과 음악홀 모두가 축제 분위기다.

곳곳에 모차르트의 그림과 그의 흔적들이 거리 곳곳에 나부낀다. 음악가 한 사람의 힘이 오로지 도시를 예술과 음악의 도시로 만들었다.

오케스트라와 함께 협연은 시작되었다. 음악 도시 비엔나의 음악회를 찾은 시민들이 이 좋은 분위기에서 1부가 끝나고 2부를 기다리며 옹기종기 대화하는 모습을 그려 담았다.

36.

사랑한 후에(번안곡) 프랑스

긴 하루 지나고 언덕 저편에 빨간 석양이 물들어가면
놀던 아이들은 아무 걱정 없이
집으로 하나둘씩 돌아가는데
나는 왜 여기 서 있나
저 석양은 나를 깨우고
밤이 내 앞에 다시 다가오는데…

- 노래 전인권 가사 중에

자주 듣고 좋아했던 명곡이다. 이 유명한 곡이 프랑스 혁명가요를 번안해서 만들었다고 한다. 노래 분위기와 내용이 서정적이고 7080 분들의 어린 시절 시골 들녘에서 친구들과 놀았던 추억이 생각나는 곡이다. 음악이란 참으로 옷을 갈아입듯, 봄에서 겨울로 변신한 듯, 작곡 작사 노래 연주로 이어지는 매력을 다시 느끼게 한다.

원곡

Palace of Versailles

The wands of smoke are rising From the walls of the Bastille

가느다란 검은 연기가 바스티유 감옥의 벽을 타고 피어오르고

And through the streets of Paris Runs a sense of the unreal

파리의 거리 여기저기에서 믿을 수 없는 기운이 감돌고 있다.

왕족들은 이미 흩어졌고 귀족들 역시 아무 데서도 찾아볼 수 가 없네~~~

외로운 베르사유 궁전 여기저기에서 메아리가 울리고 있어.

37.

이탈리아 토스카나

Toscana

요즈음 한국 TV에서 "텐트 밖은 유럽"에서 소개한 토스카나 지방은 르네상스의 탄생지이다. 역사, 문화, 건축, 음식, 넓은 들판과 와인 농장, 완만한 구릉지와 길 따라 늘어진 사이프러스 나무로 유명하다. 시에나에서 피렌체로 이어지는 넓은 평원을 따라 운전하다 보면, 이곳에서 야영하며 며칠씩 머물고 싶은 충동이 절로 나는 곳이다. 아름다운 풍광을 멋지게 상상해 본다.

38.
오스트리아 티롤Tirol 거리에서

독일에서 이탈리아 만토바를 목적지로 하여 이동하던 중 알프스 산에 눈이 1미터 이상이 쌓여 이동이 불가능했다.

밤에 운전이 어려워 하룻밤 티롤에서 1박하고 쉬어가면서 거리에 주차하는 모습이다.

39.

4대 성인과 인류학 생각해 보기

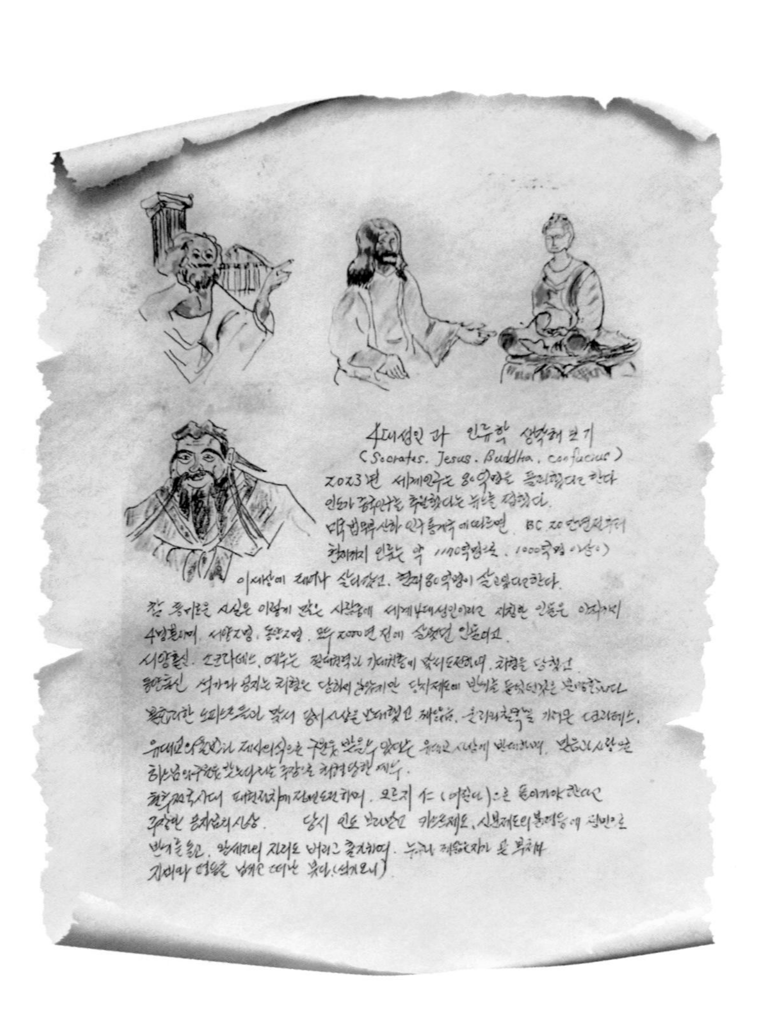

4대성인과 인류학 생각해 보기
(Socrates. Jesus. Buddha. confucius)
2023년 세계인구는 80억명을 돌파했다고 한다
인도가 중국인구를 추월했다는 뉴스를 접했다.
미국 [illegible] 산하 인구통계국 에 따르면. BC 20만년전부터
현재까지 인류는 약 1170억명 추정. 1000억명 이상)
이세상에 태어나 살다갔고. 현재 80억명이 살고있다고한다.
참 흥미로운 사실은 이렇게 많은 사람중에 세계4대성인이라고 지칭한 인물은 아직까지
4명뿐이며. 서양2명. 동양2명. 모두 2000년 전에 살았던 인물이고.
서양출신. 소크라테스. 예수는 절대권력과 기득권층에 맞서 도전하며. 처형을 당했고
동양출신 석가와 공자는 처형은 당하지 않았지만 당시제도에 반기를 들었던것은 분명합니다
타락한 소피스트들에 맞서 당시 사상을 반대했고 [illegible]. 윤리와 철학을 키워온 소크라테스.
유대교의 율법과 제사의식으로 구원을 받을수 없다는 유대교 사상에 반대하며. 믿음과 사랑으로
하느님의 구원을 받는다라는 주장으로 처형당한 예수.
춘추전국시대 패권정치에 진절머리 치며. 오로지 仁(어짐)으로 돌아가야 한다고
주장한 공자님의 사상.   당시 인도 브라만교 카스트제도, 신분제도의 불평등에 정면으로
반기를 들고. 왕세자의 지위도 버리고 출가하여. 누구나 깨달은자가 될 수 있다
지위와 명예를 남기고 떠난 붓다(석가모니)

2023년 세계 인구는 80억 명을 돌파 있다고 한다. 인도가 중국 인구를 추월했다는 뉴스를 접했다.

미국 법무부산하 인구 통계국에 따르면 BC 20만 년 전부터 현재까지 인류는 약 1,170억 명으로, 1,000억 명 이상이 이 세상에 태어나 살다 갔고, 현재 80억 명이 살고 있다고 한다.

참 흥미로운 사실은 이렇게 많은 사람 중에 세계 4대 성인이라고 지칭하는 인물은 아직 4명 뿐이다. 서양 2명, 동양 2명으로 모두 2,000년 전에 살았던 인물이고 최근 역사의 인물은 없다.

왜일까? 종교가 새로 등장할 때마다 전쟁과 권력 싸움으로 얼룩진 인류사의 깊은 상처 때문일까?

해답은 우리 모두 천천히 생각해 보자.

서양 출신 소크라테스, 예수는 절대 권력과 기득권층에 맞서 도전하여 처형당했고, 동양 출신 석가모니와 공자는 처형은 당하지 않았지만, 당시 제도에 반기를 들었던 것은 분명하다.

불합리한 소피스트들과 맞서 당시 모순된 사상을 반대하다 자기만의 깨달음과 윤리 철학을 가진 소크라테스.

유대교의 율법과 제사 의식으로 구원을 받을 수 있다는 유대교 사상에 반대하며, 믿음과 사랑으로 하나님의 구원을 받는다는 주장으로 처형당한 예수.

춘추전국시대 패권정치에 정면 도전하며 오로지 인(仁)으로 돌아가야 한다고 주장하는 공자의 사상.

브라만교의 카스트제도의 불평등에 정면으로 반기를 들고 왕세자의 자리도 버리고 출가하여, 누구나 깨달은 자가 곧 부처라고 말하고 자비와 평등을 남기고 떠난 석가모니.

세계 4대 성인의 명단에 예수 대신 이슬람의 마호메트를 언급하는 단체나 학자도 있고, 5대 성인으로 이슬람교 창시자 마호메트를 넣자고 주장하는 이도 많은 것 같다.

이 4대 성인 중에는 철학자, 사상가와 종교 창시자가 혼재되어 있고, 기독교는 유일신 사상으로 오로지 주 예수만을 인정하다 보니 많은 사회적 갈등이 존재해 왔던 것도 사실이다.

대표적 예로 십자군 전쟁은 11세기 말에서 13세기말까지 유럽에서 총 8회에 걸쳐 감행한 원정으로, 기독교의 성지 예루살렘을 탈환하기 위하여 기독교, 이슬람교, 유대교가 함께 벌인 전쟁이다. 이 전쟁으로 유럽 인구의 50% 이상이 사망하거나 다친 것으로 보는 문헌이 많다고 한다.

지금도 종교가 등장하면 분열과 갈등, 여러 사건 사고가 자주 발생하곤 한다.

우리는 모두 한 번뿐인 인생을 산다. 이 시대를 살아간다는 것은 모두에게 큰 축복이다.

우리처럼 평범한 사람도 충분히 4대 성인의 경지에 오를 수 있다는 자신감을 갖자. 서로서로 칭찬해 주고 배려하고 격려하자. 많은 사람들이 믿음으로 신앙생활을 하는 기독교의 창시자 예수의 직업은 목수였다. 그 당시 로마 황제도 아니고 장군도 아니었다. 어떤 계급도 없는 가난한 목수였다.

현재가 가난하고 어렵고 힘들어도 눈에 보이는 것이 전부가 아니다. 이 세상은 지위 고하를 막론하고 누구나 지도자가 될 수 있다. 지위가 낮은 일반인 중에도 이 세상을 가르치고 리드하는 매우 훌륭하고 소중한 분들이 많으므로 항상 사랑으로 바라보자.

불교는 부처를 믿는 것이 아니다. 석가모니가 우리의 희망 목표를 가져다주는 것도 아니다. 불교의 불은 깨달음을 말한다. 생로병사의 깨달음, 태어나면 아기에서 청년으로 성장하고 노인으로 늙고 병이 들어 때가 되면 누구나 죽는다는 진리다. 또한 자기자신이 누구인지 스스로 알면 부처이고, 자신이 누구인지 모르면 중생이라 했다.

이런 운명을 이해하고, 때로는 봄·여름·가을·겨울이 지나가는 것처럼 그때그때를 받아들이고, 시간의 소중함과 만남의 소중함을 안다면 감사하고 살아갈 것이다. 태어난 것에 감사하고 부모 형제 친구 모두에게 감사하며 좋은 생각으로 살아간다면 모든 게 좋고 행복하게 살아갈 수 있을 것이다.

한번 태어난 세상, 한 번뿐인 인생, 큰 욕심은 부리지 않더라도 이 시대를 살면서 성인의 경지에 도전해보고 싶지 않은가?

이렇게 소중한 삶을 함부로 버려서는 안 된다. 요즘 안타까운 뉴스들이 자주 들린다. 5G 시대를 살고 있는 현대인들은 잘 포장된 인격체들도 많다. 보여주기식의 생활에서 탈피하기 바란다. 화려하고 요란하게 살지 않아도 된다. 소박하게 살아도 충분히 행복할 수 있다.

물질 만능주의에 빠지면 소박하고 작은 행복은 눈에 들어오지 않는다. 그렇게 되면 어떤 것에도 만족하지 못한다.

이제는 100세 시대라고 한다. 은퇴는 빨리 찾아오고 인공지능

이 우리들의 직업을 빼앗는다.

대한민국은 불과 반세기 만에 1차 산업 혁명에서 4차 산업 혁명까지 이룩한 지구상에서 유일한 국가이다. 산업 전선에서 최선을 다한 베이비붐 세대(1955년에서 1963년 출생)의 은퇴가 산업 각 분야에서 빠르게 진행되고 있다.

이 세대는 한국 전쟁 이후 전후 복구 세대로, 어린 시절과 학창 시절, 군 복무기간, 산업현장 모든 곳에서 군사 작전하듯 살아온 세대이다. 창의성보다는 단체주의, 집단주의가 우선이었고, 같은 행동과 복종, 빨리빨리 문화에서 자라난 세대이다. 군사 독재 정권에서 청년 시절을 보냈고 그 시대 정신에 잘 길들여진 세대이다. 나 역시 그러하다. 이 시대는 창의적 사고나 행동은 이단아 취급을 받았다.

이 시대의 학생 청년들이 이제는 60, 70세의 노인층이 되어 노모를 모시거나 자녀를 부양하고 손자와 손녀를 돌보는 젊은 할아버지 할머니들이다.

이분들의 부모님이 계신다면 일제 강점기, 해방 전후, 6·25전쟁을 겪은 90세 이상의 노인들이고, 자녀들은 대부분 MZ 세대이다. 참 빠르게 변화하는 시대에 걱정거리도 많다.

긴 노후를 어떻게 대비할 것이며 여유 시간은 어떻게 보낼 것인가. 어떻게 건강을 관리하고, 부모와 자녀를 어떻게 돌보며 살아갈 것인가?

이런 깊은 고민과 인생 걱정 속에 살아가는 우리가 곧 예수요 석가모니가 아닐까.

40.
'동물의 왕국'을 시청하다가

우리나라 속담에 '호랑이는 죽어서 가죽을 남기고, 사람은 죽어서 이름을 남긴다.'라는 말이 있다.(虎死留皮人死留名)

조용필 노래 '킬리만자로의 표범'의 가사에 이런 구절이 있다.

바람처럼 왔다가 이슬처럼 갈 수 없잖아. 내가 산 흔적일랑 남겨 둬야지~

동물과 수만 년 공존해온 아프리카 탄자니아의 킬리만자로 만년설이 사라지고 있다.

단지, 산봉우리의 눈이 사라지는 것이 아니다. 눈이 사라지면 자연은 다음 단계를 요구해 올 것이다.

41.
코로나 스케치

코로나19에 배달맨은 비가 오나 눈이 오나 밤낮이 없다.

오늘도 항공사 어느 여승무원이 오랜 실직으로 비행 고도보다 높은 곳으로 떠나갔다는 비극적 소식이다.

42.
뉴욕 둘러보기

New York 상공을 헬기를 타고 둘러보고, 유람선을 타고
자유여신상과 주변 뉴욕을 본다.
현재의 뉴욕 맨해튼 모습이 1890년도에도 이처럼 빌딩숲으로
가득차 있었다고 하니. 유럽에서 건너온 드보르작이
신세계 교향곡을 작곡 했을만 하다.
2015. 05. 21th

뉴욕 상공을 헬기를 타고 둘러보고, 유람선을 타고 자유의 여신상 주변의 뉴욕을 본다.

현재 뉴욕 맨해튼의 모습이 1890년도에도 이처럼 빌딩 숲으로 가득 차 있었다고 하니, 유럽에서 건너온 체코슬로바키아 작곡가 드보르작이 '신세계 교향곡'을 작곡했을 만하다.

그의 눈에는 분명 신세계가 틀림없었을 것이다.

43.
조선업 기상도

조선업 기상도
LNG
환경규제로 노후선박 교체시기와 맞물려, 벙커C유 디젤엔진 선박에서 친환경 동력으로 나아가는 시기와 러시아-우크라이나 전쟁으로 LNG시장의 호조로, 향후 수년간 조선업 호황을 맞을 것으로 예상됨.
2022년 12월 10일,
YEONHOPARK

환경 규제로 노후 선박 교체 시기와 맞물려 벙커C유 디젤 엔진 선박에서 친환경 동력으로 나아가는 시기와 러시아 우크라이나 전쟁 영향으로 LNG 시장의 호황으로, 향후 수년간 조선업은 호황을 맞을 것으로 생각한다.

44.
해운업과 업황 보기

HMM
HMM ALGECIRAS
선사 : HMM(옛 현대상선)
선박명 : 알헤시라스호 (Algeciras)
컨테이너 적재수량 : 2만 3천 964개 / 230,000톤
(400M x 61M x 33.2M)
현재 기업 소유주 : 한국산업은행
2022년 매출액 : 18조 5천 8백억
영업이익 : 10조 800억 이익률 : 53%.
SEONHOPARK

세계 경기와 너무나 밀접한 관계로 해운업은 수익 구조 기복이 너무 심하다. 글로벌 경기 침체가 한번 터지면 바로 직격탄을 맞는다.

전 세계 에너지 변화와 전쟁 등 한때는 수십조의 영업 적자를 내다가, 작년까지는 코로나 여파로 늘어난 물동량 등의 영향에 사상 최대로 1년에 십조 원을 상회하는 수익을 냈다. 이제는 또다시 손실을 기록하고 있다고 보도되고 있다.

우리나라 내수 경기와 무관하게 발생하는 일이므로 국제적 경영 환경에 민감할 수밖에 없다.

HMM 사례를 보면, 2016년 현대상선은 경기 침체 여파로 누적된 적자와 유동성 위기로 워크아웃(workout) 되면서 현대 증권과 현대 로지스틱스 매각 대금과 회장 사재 출연 300억 등을 겨우 채권단에 넘기면서 국유화되었다.

현재 HMM의 지배구조는 한국산업은행과 한국해양진흥공사 등으로 이제는 현대그룹과는 연관성이 전혀 없다.

그러나 새로운 위기가 다가오면서 매각 절차를 밟고 있다는 보도가 나오는 가운데, 여러 기업이 물망에 오르고 있으나 구체화된 것은 없다.

45.

LNG선

LNG선
전세계적 탄소중립 달성을 위한 LNG 수요가 증가하면서
LNG 운반선 발주는 지속될 전망이다.
특히나 러시아, 우크라이나 전쟁 여파로 pipe라인을 통한 LNG 공급의
불투명이 더욱더 LNG선 발주는 늘어날 전망으로 빅3 회사의
수주기대는 크질 전망이다.
SEONHOPARK

전 세계적으로 탄소 중립 달성을 위한 LNG 수요가 증가하면서 LNG 운반선 발주는 지속될 전망이다.

특히나 러시아 우크라이나 전쟁 여파로 파이프라인을 통한 LNG 공급이 불투명해져 LNG선 발주는 더욱 늘어날 전망으로 수주 기대도 더욱 커질 전망이다.

46.

선박 명명식

(배의 이름을 처음 짓는 것)

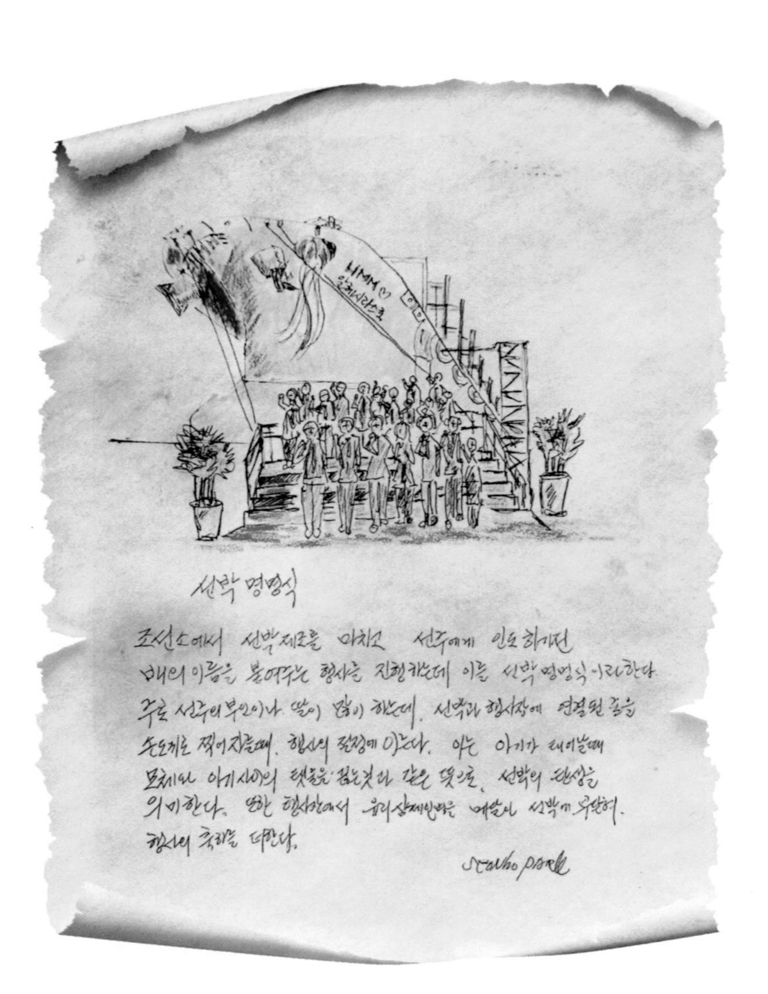

조선소에서 선박 제조를 마치고 선주에게 인도 하기 전, 배의 이름을 붙여주는 행사를 진행하는데 이를 선박 명명식이라 한다.

명명식은 주로 선주의 부인이나 딸이 많이 하는데, 선박과 행사장에 연결된 줄을 손도끼로 찍어 자를 때 행사의 절정에 이른다.

이는 아기가 태어날 때 모체와 아기 사이의 탯줄을 끊는 것과 같은 뜻으로 선박의 탄생을 의미한다.

또한 행사장에서 유리 샴페인 병을 매달아 선박에 부딪혀 깨뜨리는 것으로 행사의 축하를 더한다.

47.
손자 손녀 마중 나가기

학교나 학원 마치고 돌아오는 손자손녀 마중나가는 할아버지, 할머니 되어 보기.

일주일에 한 번씩 손자·손녀의 날을 만들고 집까지 걸어오기. 즐거운 상상 아닌가?

학교나 학원 마치고 돌아오는 손자나 손녀
마중나가는 할아버지, 할머니 되어보기 ^
1주일에 한번씩 손자, 손녀의 날을 만들고. 집까지
걸어오기 ^ 즐거운 상상 아닌가?

seonhopark
2021. 0.5. 05

48.
소달구지

1차~5차 산업혁명을 모두 경험하는 유일하고 행복한 세대
신축년(辛丑年) 새해 아침에

어찌 보면 돈으로 살 수 없는 소중한 경험의 흔적이다.
불과 몇십 년 전인 어린 시절 1960~1970년대 한국의 시골에서 흔히 보았던 삶의 발자취며 우리가 걸어온 길이다.

49.
강남 스타일

서울 강남구 코엑스 광장에는 싸이의 ‘강남 스타일’ 손동작 동상이 만들어져 있다.

이곳을 지날 때 한 번씩 싸이처럼 손동작을 하며 춤추는 외국인들의 모습이 자주 보인다.

50.
베트남 호이안Hoi An

베트남 호이안 거리에서 열대 과일을 사 먹으려고, 길거리에서 아날로그 저울로 무게를 재고 행상과 가격을 흥정하고 있다.

Vietnam 호이안에서
seoHopark

51. 부모님과 일본 크루즈 여행

코로나가 시작되기 6개월 전인 2019년 7월에, 90세 아버지와 87세 되신 어머니, 그리고 집사람과 함께 부산에서 출발하여 일본의 후쿠오카(Fukuoka), 하네다(Haneda), 마이즈루(Maizuru), 가나자와(Kanazawa) 4개 도시를 투어하는 4박 5일 일본 크루즈 여행을 시작했다.

처음에는 부모님이 연세가 많아 걱정을 많이 했는데, 생각보다 뱃멀미도 안 하고 음식도 잘 드시고 크루즈에서 진행하는 많은 프로그램에도 큰 관심을 보여 마음이 행복했다.

아버지의 90 평생에 처음 타보는 이탈리아 선사의 유럽 코스터 크루즈 선박. 생각보다 편안해하셨다.

특히나 꼭대기 층 야외에서 펼쳐지는 음악과 단체 춤추기 공연에 참석하여 즐겁게 춤추시는 아버지와 어머니, 그리고 집사람의 모습은 지금도 잊을 수가 없다.

한 번씩 이동할 때 큰 파도가 밀려 와 배가 흔들릴 때마다 옆방에 계시는 어머니, 아버지께 가서 마음을 안정시켜 드렸다. 시간이 조금 지나면 곧 안정을 찾으시는 것 같았다.

크루즈 선박이 일본 도시에 정박할 때 우리 가족은 단체로 다니는 버스에 타지 않고 개인택시를 이용하여 개별 관광을 했다.

아버지가 일본어가 유창하시지만 난청이라 일본 택시 기사와 대화가 될까 걱정했는데, 일본 현지인과 능통한 대화를 나누는 것에 놀랐다.

아버지가 국민학교 6학년 때 일본으로부터 해방이 되었기 때문에, 어린 시절에 배운 일본어가 거의 80년이 지나서도 유창하게 말할 수 있는 것으로 보아 어릴 때 배운 것은 평생 가는구나 하는 것을 느꼈다.

4박 5일 짧은 여행을 마치고 우리 가족은 부산항에 무사히 도착했다.

52.
일본 사토코 가족 교류기

2004년 우리 딸 아들이 10살, 7살일 때 Hippo 클럽이라는 가족 간 국제교류를 하는 단체에 가입하여 일본 나고야에 거주하는 사토코 가족과 교류하였다.

일본 가족들이 우리 집에 단기 거주로 2주 정도 생활하고, 다시 우리 가족이 일본 나고야에 가서 일본인 가정집에서 똑같이 생활하는 교환방식의 문화 교류 클럽이었다.

몇 차례 서로 왕래가 오고 갔지만, 아이들이 자라면서 직접 방문은 더 이상 할 수 없었고 메일로 소식을 주고받았다.

세월이 한참 흘러 많은 공백의 시간이 흘렀다.

그런데 코로나가 발생하여 오랜만에 일본 사토코(Satoko) 가족에게서 연락이 왔다.

전해 온 소식은 무지개 그림이었다. 하루빨리 코로나가 안정되어 서로 만날 수 있는 세상이 왔으면 좋겠다고 무지개 그림을 그려서 보냈다.

그래서 나도 2004년에 우리 가족이 방문했던 나고야성 사진이 있어 그 사진 위에 무지개를 그리고, 코로나가 빨리 사라지기를 원하는 마음에서 사진 찍어서 보냈다.

이것 또한 작은 외교이다.

즐거운 상상을 하면서 그 시절을 생각해 본다.

53.
만리장성
Great Wall of china

전쟁의 피해를 당한 국가는 다시 방어 계획을 세운다.

만리장성은 진나라 시황제 때 시작했지만, 현재 남아 있는 만리장성은 칭기즈칸의 원나라 제국이 물러간 뒤에 명나라 3대 영락 대제가 수도를 난징에서 베이징으로 옮기면서 몽골족의 재침략 방어의 필요성으로 장성 축조를 시작했다고 한다.

54.

강아지와 비행기 타기

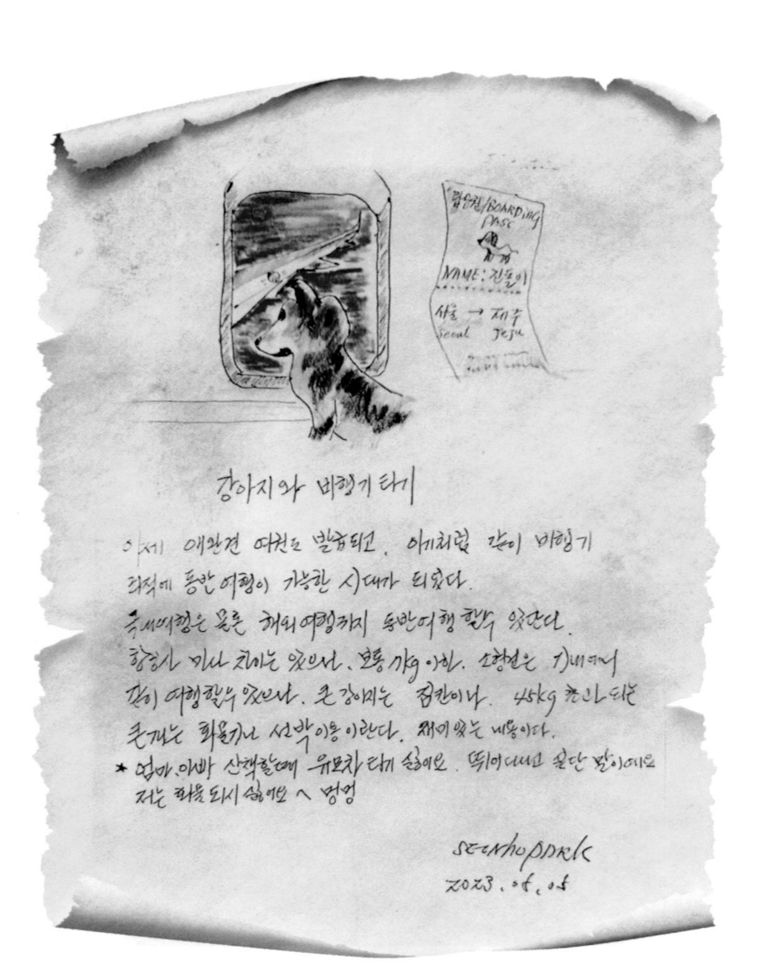

강아지와 비행기 타기

이제 애완견 여권도 발급되고, 이처럼 같이 비행기
좌석에 동반 여행이 가능한 시대가 되었다.
국내여행은 물론 해외여행까지 동반여행 할수 있단다.
항공사 마다 차이는 있으나, 보통 7kg 이하, 소형견은 기내에서
같이 여행할수 있으나, 큰 강아지는 짐칸이나, 45kg 초과 되는
큰개는 화물기나 선박이용이란다. 재미있는 내용이다.
★ 엄마, 아빠 산책할때 유모차 타기 싫어요. 뛰어다니고 싶단 말이에요
저는 화물 되기 싫어요 ^ 멍멍

seunhopark
2023.05.05

이제 애완견 여권도 발급되고, 아기처럼 비행기 좌석에 동반 여행이 가능한 시대가 되었다. 국내 여행은 물론 해외여행까지 동반 여행할 수 있단다.

항공사마다 차이는 있으나 보통 7kg 이하 소형견은 기내에서 같이 여행할 수 있고, 큰 강아지나 45kg 초과하는 큰 개는 짐칸이나 화물기, 선박을 이용할 수 있단다. 재미있는 내용이다.

요즘 산책할 때 주인들이 강아지를 유모차에 태우고 다니는 광경을 자주 본다. 강아지는 원래 운동하고 싶어 하는 선천적 성질을 지닌 동물인데 말이다.

55.

이길여 총장님의 강남 스타일(1932년생)

이길여 가천대학교 총장님은 아직도 현역이시다. 현재 93세이다. 모습은 50대 후반에서 60대 초반의 외모를 지닌 30년 이상 동안이다.

정신과 육체 건강 모두 완벽하신 분인 것 같다. 대한민국 노인, 나이 들어가는 중년 모든 분은 이분을 벤치마킹하시라 말하고 싶다.

나이는 숫자에 불과하다는 것은 이 총장님을 두고 하는 말이 아닐까?

도대체 이 총장님 삶의 어떤 패턴이 인생의 시계를 이렇게 청춘으로 만들어 놓은 것일까?

허리도 바르고 말씀도 아직 젊고 모든 것이 감동이다.

56.
호모 포토쿠스
(스마트폰 시대에 사진 찍는 신인류)

새로운 단어를 만들어 보았다. 인류 역사상 최초로 등장한 새로운 문물, 개인 무기를 가진 신인류다.

이 신인류는 신식 무기를 24시간 휴대하고 있다.

번역기, 계산기, 나침판, 신체 측정기, 고도계, 자동차 거래, 모든 생필품 거래 시장, 항공사, 기차역, 취업, 부동산 거래, 백과사전, 원격 CCTV, 은행, 증권사, TV, 라디오, 사진기, 무비카메라, 극장, 배달 주문, 도서관 그외 다수가 내장된 최첨단 개인 무기요 가장 소중한 필수품이다.

최초 스마트폰

Apple 사 2007년 아이폰 2G

삼성 스마트폰 2010년 갤럭시 S

스마트폰 역사는 얼마 되지 않았지만, 인류 역사를 송두리째 바꾸어 놓았다.

57.
피렌체 다비드상 앞에서

르네상스 시대인 1504년, 천재 예술가 미켈란젤로가 26세 때 조각한 높이 5.17M의 위대한 조각 작품이다.

골리앗(Goliath)을 돌로 때려 쓰러뜨린 성서의 소년 영웅 다비드(David)의 힘찬 기상을 대리석 조각으로 멋지게 표현했다.

현재 외부에 있는 것은 모형이다.

58.
로마의 휴일

스페인계단에서
로마의 휴일 영화에서 오드리헵번과 그레고리팩의 로맨스가
생각나는 낭만의 장소. 옛 도시와 사랑의 추억이 생각나는 도시 로마
SeonhoPark

스페인 계단에서 로마의 휴일 주인공을 생각해 보다.

'로마의 휴일' 영화에서 오드리 헵번과 그레고리 펙의 로맨스가 생각 나는 낭만의 장소.

예스러움으로 가득한 로마와 사랑의 추억이 다가오는 스페인 계단.

그 영화는 1953년에 발표된 영화이고 이미 떠나버린 두 배우이지만, 영화 속의 고전적이고 멋진 장면들이 한 장의 스케치 속에서 살아나니 이 순간이 기쁘다.

59.

서울대학교 ABKI 10기 우즈베키스탄 여행

타슈켄트에서 사마르칸트의 구르 아미르 모슬렘을 향해서 우즈베크 국내선 비행기를 타러 가는 10기 원우들이다.

2019년에 만났으니 세월이 빠르게 지나가 벌써 4년이 되어가고 있다. 사진 속에 함께한 원우님들의 모습도 생각해 본다.

스마트폰으로 우연히 사진을 보다가 그날을 생각하며 추억을 스케치해 본다.

60.
북악산 산행

2023년 7월, 장마가 오기전 청와대 뒷산 북악산
산행을 한다.
그옛날 엊그제까지 청와대 주변 경계초소와 대공포부대는 이전하고
군인은 한명도 없다. 등산로 전면개방으로 등산객과
관광객으로 넘쳐난다. 북악산행 땀이 비오듯 흐른다.

청와대 뒷산 보안이 풀렸다.

2023년 7월 장마가 오기 전, 청와대 뒷산 북악산 산행을 한다.

얼마 전까지 있었던 청와대 주변 경계 초소와 대공포 부대는 이전하고 군인은 한 명도 없다. 텅 빈 초소뿐이다. 등산로 전면 개방으로 등산객과 관광객이 넘쳐난다. 7월 중순에 북악산 산행에 땀이 비 오듯 흐른다.

61.
안전 교육

매일 아침 근로자에 교육하던 실제 현장을 그려 보았다.
안전사고 사례를 설명하는 작업 투입 전 안전 교육

안전제일. 안전이 가장 먼저라는 이야기다. 안전이 확보되지 않으면 일할 수 없다는 개념에서 근로자를 교육한다.

매일 아침의 작업 환경은 어제와 다르고, 어떤 사고가 발생할지 모르는 항상 위험한 현장이다. 그래서 안전 교육만큼은 하루에도 몇 번씩 교육하고, 실시간 확인하며 일을 시킨다.

그래도 안전사고는 발생한다. 아무리 무재해 간판을 달고 플래카드 걸고 홍보하고 안전 리본을 달아도, 회사와 사장과 근로자의 목표가 아무도 다치지 않는 무재해 작업장이라 외치고 다짐해도 반복적인 재해가 발생한다. 무사고 무재해는 인류사에 없었다.

그러나 확인하고 교육하고, 노사 간 실시간 서로의 노력으로 사고율 재해율을 줄일 수 있다. 점점 줄여 나가야 한다. 같은 일이 되풀이되지 않도록.

62.
파리
Paris

프랑스 파리 곳곳에 낭만이 흐른다.

세느 강변에 앉아 커피를 마시며 에펠탑을 바라보며 젊음과 세월의 흔적을 느끼는 수많은 관광객.

루브르 박물관에 들어가 모나리자와 수없이 많은 전시품을 보고 있노라면 갑자기 앞이 사람들로 붐빈다.

비너스상 앞에 관람객들의 발길이 멈춰 서 있다.

기원전 130년 전 제작된 것으로 추정되지만, 그 예술의 아름다움에 모두 젖고 있는 듯하다.

63.

유럽의 성당과 교회

성당 & 교회
유럽 도시 곳곳 성당과 교회는 관광지에 참으로 많다.
누구나 자유롭게 들어가, 둘러보고, 기도한다. 항상 문호가 개방되어
낮시간에는 출입이 자유롭다.
아직 무신론인 본인도 이곳은 마음을
편하게 한다.
SEONHOPARK

유럽의 관광 도시에 성당과 교회가 참으로 많다

누구나 자유롭게 들어가 둘러볼 수 있는 곳이 많다.

대개 낮에는 출입이 자유롭다. 모두가 다 무료인 것은 아니다.

바티칸 성 베드로 성당 등 일부 큰 교회와 성당 등은 표를 구입하고 복장도 어느 정도 갖추고 들어가야 하니 확인이 필요하다.

64.

부산 해운대 마린시티

요트 경기장을 바라보며

1986년 아시안게임 동안 2개월간 외국인 선수 식당에서 자원봉사 요원으로 참여했다.

외국 요트선수들은 바람 및 현지 적응 훈련팀이 먼저 입국해서 2개월간 봉사활동했던 기억들이 새롭다.

65.
이집트Egypt

3500년전 고대 이집트 남쪽의 산악에서 누비아의 석재를 채굴하던
운반하는 길.
오로지 인간의 근육의 힘으로 무거운 석재를 나일강을 따라 목적지에 수송
하역하고. 비탈진 모래언덕을 따라 3톤에서 100톤에 이르는 무거운 돌덩
운반해서 피라미드를 만들면서, 얼마나 많은 노예와 노동자들이 죽어
나갔을까?
어느 하늘에서 우리 노예들을 구원해줄 하느님이 찾아오지 않을까
옛 유대인들은 꿈꾸고 기다렸을 것이다. 파라오의 업적이라 그 옛날
힘들었을 유대인들을 깊이 생각해 본다.
SEonho park

이집트 문명과 종교의 탄생을 생각해 보다.

기원전 3,500년경. 고대 이집트 험준한 산악에서 수십 톤의 석재를 채굴하고 운반하는 일.

오로지 인간 근육의 힘으로 무거운 돌덩어리를 나일강 둑에서 배에 선적하고, 돛단배를 타고 나일강을 따라, 항구에서 비포장 모랫길을 따라, 3톤에서 100톤에 이르는 무거운 돌덩이를 운반해서 피라미드를 만들었다. 얼마나 많은 노예와 노동자들이 죽어 나갔을까?

중장비와 크레인 없이 오로지 인력으로 그 높은 곳까지 석재를 운반 가공 설치하다니, 실로 엄청난 일이다.

하늘에서 그들을 구해줄 구세주가 나타나기를 매일 기다리지 않았을까? 50kg도 들기 힘든데 수십 톤을 열악한 로프로 당기고 끌어 올리고 했다니 그 어려움은 상상 이상이었을 것이다.

거석문화의 흔적인 피라미드와 스핑크스, 파라오의 업적, 그리고 그 옛날 힘들었을 고대인들을 같이 생각해 본다.

66.
뉴욕 쌍둥이 무역센터의 흔적

뉴욕 911테러로 사라진 쌍둥이 빌딩 무역센터가 사라진 자리에 세계 무역센터가 다시 신축되어 우뚝 솟아 뉴욕을 다시 재탄생 시켰다.

911 희생자들의 이름이 새겨진 대리석 바닥으로 가늘게 흐르는 물줄기 폭포가 추모의 눈물을 대변하듯 조용히 흘러내린다.

지나는 뉴욕 시민과 관광객의 얼굴은 이제 모두 밝음으로 가득한데.

67.

스위스 그린델발트Grindelwald

목장에서 이제 알프호른 사용은 이제는 관광으로나 사용된다. 요즈음은 음악연주로도 사용한다.

옛날 협곡 사이에서 목동들끼리 신호 수단으로 사용되었다지만, 그렇게 기다란 호른을 부는 스위스의 전통이 흥미롭다.

68.
독일 아이다AIDA 크루즈

우리 인류는 끝없는 진화를 거듭한다. 지금까지 벙커C유, 디젤 엔진으로 운행하여 멀리서 보면 검은 연기를 뿜어내던 선박들이, 환경규제와 탄소중립의 실천 약속에 따라 친환경 엔진 추진 선박으로 바뀌어 나가고 있다.

자동차가 전기차로 전환하듯, 대형 선박 엔진도 LNG 추진이나 메탄올 추진 등 여러 구상이 현실화하고 있다.

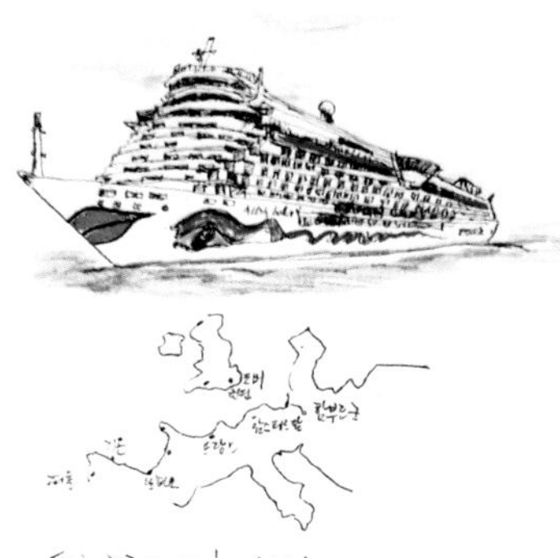

독일 크루즈 선사 AIDA

독일 함부르크 항구를 출발하여, 네덜란드 암스테르담 영국런던, 노르웨이, 페로, 기우, 빌바오와 프랑스 세인트 나자르를 지나 대서양을 돌아 함부르크로 돌아오는 항로 상품이다 점차 벙커C유추진 엔진에서 LNG 추진선박 체제로 바뀌고 있다는 선장의 설명이다.

SEONhopark

독일 아이다 노바(AIDA Nova)호는 독일 조선소에서 제작되어 100% 친환경 추진체(Green Crusing) 개념으로 탄생했다.

특유의 외관이 웃음을 자아낸다. 웃는 입술, 눈, 눈꺼풀의 물결 외장으로 독일에 거주하는 학생, 대학생, 유학생 포함(국립) 모두 부모 동반 무료 여행이 가능하다. 단 일반실에만 국한된다. 동반 부모는 가격 지불이다.

평생 선박 제조를 직업으로 삼았던 저자도 크루즈의 내외부 고급스러움에 크게 감동하였다. 독일은 목욕탕이 남녀공용이다. 크루즈 내 사우나도 마찬가지다. 남녀노소 다 같이 이용할 수 있다.

69.
베네치아Venezia

1,500년 역사를 자랑하는 석호 위에 세워진 물의 도시
자동차가 하나도 없는 운하의 도시
곤돌라와 수상 택시로 다니는 재미있는 곳

리알토 다리(Rialto Bridge)는 1,800년경 이전에 대운하를 건널 수 있었던 유일한 다리이다.

베니스 Rialto Bridge

1800년 이전까지는 대운하를 건널수 있는
베네치아의 유일한 다리였다.
리알토 다리위에서 내려다 보는 베니스의 운치는
여행의 흥미를 더할것이다.

Seonho park

70.
이탈리아 토리노Torino 여름 궁전에서

이탈리아 북부지방 튜린(Turin)에서 개최한 하기 국제음악제(International music festival) 클래식 행사에 초대되어 피아졸라 4계를 협연하다.

국왕의 여름 궁전에서 개최된 행사는 분위기에 압도되어 그 웅장함을 더했다.

71.
남해군의 십계

우리 고향 남해군 설천면 문항리에는 하루에 매일 2번씩 육지와 섬 사이 500M 구간 바닷길이 열리고 닫힌다.

간조와 만조의 영향으로 영화 '십계'의 홍해 바다처럼.

휴일에는 어촌을 체험하는 많은 관광객 단체버스가 장사진을 이룬다.

멀리 창선도가 보이고 두 개의 섬, 상장도와 하장도가 있다. 이를 진섬이라 부른다.

섬을 바라보며 섬집아기를 연주한다.

72.
남해군 고향 집 아침에

2023년 봄이다.

어머니 90세, 아버지 93세이다. 새벽 5시 30분부터 마늘밭 사이로 고랑을 일구고 옛날 방식으로 참깨, 참기름 수확을 위해 하나하나 손으로 깨를 심고 있다.

큰형과 나는 어젯밤 늦은 대화로 아침 8시에 늦게 기상했다. 밭에 나가 보니 어머니 아버지는 새벽에 벌써 몇 두둑을 심었다.

조금 심어 보니 벌써 허리가 아프다. 어머니는 아버지가 심는 것이 마음에 들지 않는지 난청이신 아버지에게 호통을 친다. 아버지는 표정으로만 알아듣는 것 같다.

아침 식사 후 큰형이 서서 심는 기계를 빌려와서 참깨를 심는다. 한 시간도 안 되어 작업이 끝났다.

어머니는 말씀하신다. 저 기계가 농협에서 8만 원 하는데, 3년 전부터 사달라고 해도 아버지는 사 오지 않는다. 우리 영감

이 이렇다.

큰아들은 곧 70이고, 막내인 나도 곧 환갑이 멀지 않다.

그런데 둘 다 아직 철이 없다.

철들지 않고 그냥 이렇게 살고 싶다.

현재가 행복한 것처럼.

2023년 4월 봄이다. 엄마 90. 아빠 93세. 새벽 5시 30분부터. 마늘밭 사이로 고랑을 일구어
옛날방식으로. 참깨. 참깨를 [illegible] 하나하나 손으로 심고 있다
[illegible]. 나는 아침 8시 기상해서 밭에 나가보니. 어머니 아버지 새벽에 [illegible]
[illegible]. 어머니는 아버지 [illegible] 마음에 [illegible]
[illegible] 아버지에게 [illegible]. 아버지는 [illegible]
[illegible] 기계를 빌려와서 참깨를 심는다. 1시간도 안되어 작업이
끝났다. 어머니는 [illegible]. 저 기계 [illegible] 8천원 하는데. 3번째부터 [illegible]
아버지는 [illegible]. 우리 영감 이렇다오 한다. ㅎㅎ
큰아들은 곧 70이고. 막내는 환갑이 곧이다. 그런데 여전히 둘다 철이 없다. ㅎㅎ.
철들지 않고 그냥 이렇게 살고 싶다. 현재가 행복한 것처럼 -

73.
청와대가 국민 품으로

국민의 품으로 돌아온 청와대. 이제 국민 누구나 누릴 수 있는 장소가 되었다.

처음 이곳을 방문한다는 생각에 설렜고 많이 궁금했다.

방문하니 역대 대통령의 흔적들이 역사 순으로 사진으로 배열되어 있고 TV 뉴스에서 자주 보았던 의전 장소, 회담 장소, 가족들이 살았던 관저까지 둘러보는 재미는 흥미로웠다.

이제부터 이곳도 그 옛날 조선의 국왕들이 살았던 경복궁 관광하듯 관광지로 변하고, 잘 조성된 정원에서 조용한 사색에 잠겨보는 것도 좋은 일이다.

정원 없이 아파트에 사는 현대인들이 한 번씩 찾아오면 그날은 이곳이 방문자의 1일 소유가 된다.

74.
박선호

1965년 경남 남해군에서 태어나 초등학교 졸업까지 전기, 수도가 없는 곳에서 어린 시절을 보냈다.

아직 문명이 오지 않은 섬, 우마차가 비포장도로를 다니고, 외갓집에는 일하는 머슴과 식모가 함께 살았다. 작은 서당에는 갓을 쓴 할아버지가 있었고 조선시대의 끝자락이 남아 있는 대한민국의 60년대를 보며 자랐다.

중고등학교와 대학은 부산에서 졸업했고, 군 복무는 강원도 15사단 50연대 대성산에서 겨울을 3번 보냈다.

영하 35도로 내려가는 강원도 혹한의 겨울도 경험했다.

대학 졸업 후에는 신발산업의 동향을 보도하는 기자 생활과 천연피혁을 가공해서 가죽옷을 OEM 방식으로 수출하는 해외영업부에서 대리까지 근무했다.

1990년대 초, 노동집약적 산업은 구조변화가 일어났다. 소품종 대량생산 방식에서 다품종 소량 생산방식으로 변화하였으며, 해외 생산 기지 개척의 영향으로 중공업이 신산업으로 부상하였다. 이에 중공업으로 업종을 전환하여 현대중공업 해양사업부 협력사에서 근무했다.

100만 평이 넘는 넓은 조선소에서 전 세계 선주들이 발주하는 다양한 선박 제작과 플랜트 구조물, 담수 설비(바닷물을 민물로 만드는 설비) 군함, 잠수함, 각종 특수선박, 해양 심해 유전개발 시추선 제작 등 다양한 제품이 수주되고 원자재를 하역하여 설계하고 사내 수많은 부서와 협력하여 초 거대 선박과 시추선, 프랜트 구조물이 탄생하여 인도되는 과정을 20년 넘게 지켜 보았다.

90년대 초에는 대륙붕(수심 100~150미터)의 수심에서 기름을 채굴하는 고정방식(fixed platform)에서 점차 깊은 심해에서 채굴하는 부유식 복합생산 시스템(FPSO, Floating production storage and off-loading) 방식으로 변화하는 과정을 보게 되었다. 이는 수심 1,000m에서 3㎞ 이상 해저 유정까지 원유 및 천연가스를 생산, 저장, 처리 기능을 가진 고도의 기술이 요구되는 최첨단 설비이다. 5대양과 북극의 빙하 지역에 설치되는 생산설비 제작 현장에서 근로자 300~400명과 용접을 통한 구조물 제작과 여러 제작 공정과의 협업 등을 보며 세계 흐름의 동향을 읽을 수 있었다.

2008년 리먼 브라더스 사태 이후 세계 금융시장 불황으로 선박 주문의 취소가 쇄도하자, 해양 플랜트시장이 차세대 먹거리라는 분위기에 금융지원 등 호재에 힘입어 사내 제작 아웃소싱에 도전하여 2008년부터~2015년까지 협력사 대표로 해양 원유 시추선 제작 분야에서 사업을 진행하였다.

2015년을 끝으로 중공업 해양사업부에서는 자진 철수하여 스스로 사업을 접었고, 많은 곳을 여행하며 세상의 변화와 에너지 변화 동태를 경험했다. 개인건설업과 물류창고, 오피스텔 건설 시행사 부사장, 건축설계사무소 고문 등을 거쳐 전기자동차 스타트업에도 참여하여 신산업 분야에 소규모 투자를 하였고, 해상풍력발전 등 신재생 에너지 사업 분야의 진출 참여에 계획을 세우고 노력하고 있다.

현재 북극해에 설치되어 있는 FPSO Goliat,
제작 완료된 시추선 앞에 선 저자의 모습

맺는말

이번 책을 쓰면서 기후 변화와 환경이 현재 우리 인류에게 얼마나 영향을 미치는지에 관해서 언급했다.

특히나 UN 차원에서 기후 위기 관련 대책 회의(COP)를 매년 국가별로 돌아가며 개최하고 있지만, 우리가 느끼는 체감 지수는 오히려 점점 나빠지고 있으니 우려스럽다.

또한 유엔 산하 기후 변화에 관한 정부간 협의체(IPCC)가 2023년 3월 발표한 스위스 인터라켄 보고서에서 전 세계가 현재 진행 중인 온실가스 감축 계획을 모두 실행하더라도, 2040년 이전에 지구의 표면온도는 산업화 이전 대비 1.5도 이상 올라갈 것으로 이미 전망했다고 발표했다.

그런데 이런 기후 위기 상황에서도 지금 세계의 각 나라는 모두가 자국의 경제적 이익에 급급한 나머지 국제적 아젠다에 는 큰 관심과 실천이 미진한 것은 사실이다.

지구의 허파인 열대우림을 벌목하고 그곳에 팜유 농장을 만들어 올리브유를 만들고 있는 동남아 여러 나라들, 아프리카, 남미국가 등 이곳에 더 이상 밀림을 훼손해서는 안 된다. 밀림은 인류의 마지막 CO_2를 거르는 중요한 숲이라고 말하면 이곳에 있는 나라들은 이렇게 말한다.

"수 세기 동안 우리는 선진 제국주의, 강대국의 식민지 지배를 오랫동안 받아온 민족으로, 우리는 현재의 지구 온난화에 피해를 끼친 적이 거의 없다. 우리처럼 아직 열악한 환경에서 이제겨우 밀림을 개발해서 문명사회 기반을 마련하고 경제 개발을 해서 기본권을 확보하려는데 왜 제재하느냐?

현재의 지구 온난화는 화석 에너지의 과다 사용으로 지구를 힘들게 만든 건 선진국들이다. 선진 제국주의 세력들이 19세기부터 현재까지 앞다투어 개발한 탓에 발생한 것이니 그들이 주범이다."라고 주장한다. 현재 기후 위기 측면에서 보면 개도국 후진국의 주장들이 100% 옳은 말이지만, 그런 이유로 후발 개도국들이 본격적으로 개발하여 공장과 이산화탄소의 배출에 가세한다면 이는 지구가 돌이킬 수 없는 길로 가는 것은 자명한 일이다. 선진국이 기금을 내 개발도상국과 빈곤국에 친환경 에너지 정책을 위한 방향을 유도하는 것이 필수요건으로 보인다.

사실 이런 주장들에 힘입어 앞서 개최된 제26차 COP 유엔 기후 협약이 영국 글래스고에서 주요 의제로 제시되어 합의되었다. 2021년 11월 30일 합의 내용이다.

*산림 벌채 중단

*기후 위기는 탄소 배출량이 많은 국가들이 일으킨 것이 분명하므로 개발도상국에 대한 지원을 위해 기금을 확보하고 130조 달러(한화로 약 20경)을 금융기관에서 재생에너지와 청정에너지 산업에 지원하며, 화석 에너지인 석탄과 석유산업에서는 자금을 철회하는 데 합의했다.

그러나 이러한 국제적 합의가 아직 법적 구속력이 없으므로 얼마나 지켜질지 의문이라는 것이다.

그나마 매년 개최되는 COP 포럼을 통해서 하나씩 개선해 나가고 있다는 것에 희망을 가져야 할 것이다.

사실 2020년 코로나 펜데믹으로 온 세계는 한동안 전 세계 여행이 중지되고 거리 두기가 진행되고 모두 마스크를 쓰는 생활을 했다. 이것이 중국에서 인공적으로 만든 것이냐 아니면 자연적으로 발생한 것이냐 등 발생 원점을 두고 아직까지 미국과 중국이 서로 외교와 무역전쟁을 벌이고 있다. 그리고 러시아, 중국, 북한과 한국, 미국, 일본 등 신 냉전 구도가 나타나고 있다.

본 필자가 우려하는 것은 지구 온난화가 여러 방면에서 여러 복합적 위기를 가져올 수 있다는 점에 우려를 표하는 바이다.

우리 모두가 상식적 지식을 통해서 학습했듯이, 우리 지구의 나이는 46억 년의 역사를 가진 소중한 행성이다. 운석의 충돌과 다양한 원인으로 지구는 공룡 대멸종 등 5번의 멸종을 거쳐 현재를 살고 있다고 알고 있다. 이는 세계 곳곳에 지층으로 나타나 있고, 화석과 수많은 지하자원, 석유 등 화석 에너지가 증명해 주고 있다.

그러나 지구 온난화는 그동안 빙하와 만년설 속에 수십 만년 동안 잠들어 있던, 연구되지 않은 미생물과 세균, 병균, 바이러스가 시베리아 동토의 땅에서 나온다. 벌써 순록이 떼죽음을 당하고, 북극과 남극 지방의 돌고래, 펭귄들의 집단 떼죽음의 무리가 남미 바다까지 밀려오고 있다. 이는 여태까지 볼 수 없었던 자연의 심각한 신호들이다.

그냥 이 현상들이 나와 무슨 상관이야 이렇게 가볍게 넘길 일이 아니다.

나는 환경론자도 아니고 기후학자도 아니다. 이쪽 방면에 어떤 기본 학위도 없다. 그냥 아주 평범한 시민에 불과하다.

그러나 지금까지 살아오면서 세상의 변화를 목격하고 경험하면서 그냥 현상을 쉽게 지나치지 않는 세심한 관찰자다.

그 관찰은 나에게 답을 주기 시작했다. 우리 인류가 첨단 과학 문명 고도화에 매진한 각 국가의 경쟁 속에서 자연의 순리를 거슬러 개발에만 몰두하다 결국 좌초하고 말 것인지, 더 앞선 문명으로 나아 갈 것인지? ESG 경영으로 현재의 위기를 극복할 것인지? 등이다.

경제의 기본은 수요와 공급이다. 인구 측면에서 경제와 환경, 기후 변화를 예측해 보면 세계 전체인구는 꾸준히 증가 추세다.

18세기 영국 산업혁명의 시작 시점, 1750년대 세계 인구는 10억 명을 돌파했고, 1927년 20억 명, 1974년 40억 명에서 현재 80억 명을 기록하고 있다고 UN은 공식 발표했다. 기하 급수적인 증가이다.

최근 50년 사이에 40억 명이 늘어났다. 개발도상국과 아프리카 등 인구가 급속도로 증가하고 있으며, 최근에는 인도가 중국을 추월하여 세계 1위 인구 국가가 되었다. 우리나라 젊은이들은 결혼율이 감소하고 출산율이 줄어들고 있지만 세계 인구는 오히려 계속 증가 추세이며, 2057년까지 100억 명에 돌파할 것으로 유엔 인구통계국에서 밝히고 있다.

34년 후, 이 지구상에 인구수로 봤을 때 대한민국이 추가로 40개가 더 만들어진다고 생각하면 이해가 빠를것 같다.

앞서 잠시 경제에 대해서 언급했다. 수요와 공급으로 살아가는 세상. 이제 전 세계인은 저마다 손에는 거의 스마트폰을 들고 전 세계의 실시간 뉴스와 사건 사고를 접하는 5G 시대에 살고 있다. 모두가 비교 평가하며 신제품 좋은 것에 길들여지고, 특히나 SNS, 인스타그램 등의 발달로 자기 홍보와 문화를 비교 자랑하는 사람들도 꽤 많아졌다. 인플루언서, 틱톡, 유튜브, 개인 방송과 300개가 넘는 TV 채널 등으로 전 인류는 소비의 각축전을 벌인

해양풍력발전 하부구조물작업 현장

다.

늘어나는 소비층을 겨냥한 마케팅 시장에, 글로벌 기업부터 중소기업까지 이 거대 시장에 관심을 두지 않을 수가 없고, 앞다투어 소비자들의 욕구에 맞춘 제품의 개발과 생산, 유통 경쟁에 돌입할수 밖에 없다.

유행에 처진 상품은 철저히 외면받는 터라, 신제품 생산과 에너지에 당분간 엄청난 화석 연료가 동반될 수밖에 없다. 필연적 환경이다. 그렇다고 이미 모두 현대 문명에 길들여진 인류가 환경을 이유로 갑자기 석기시대, 원시시대로 돌아갈 수도 없다. 가장 좋은 해법은 이미 제시된 국제적 합의 IPCC, 파리 기후 협약에 전 인류의 동참과 실천만이 인류를 구하는 길임을 모두가 공감해야 하겠다.

모든 것이 환경을 파괴하지 않고 생산되고 정상적으로 농산물이 경작되는 이런 상태라면 앞서 언급한 현상들이 얼마든지 진행되어도 좋을 것이다. 그러나 80억 인류의 미래를 위해 지속가능한 환경을 만들어 놓고 행해져야 할 일들이다. 경제 발전과 수익 창출이 경제학의 기본이지만, 이제는 이 이론의 수정된 패턴을 의제로 가지고 나와야 하지 않을까 하는 바람이다. 기후와 더 이상 도박을 할 수는 없으니 말이다.

2023년 현재는 에너지와 소비의 거대한 과도기다. 화석 연료에서 친환경 에너지로 넘어가며 오버랩되는 시기에 있으므로 많은 변화의 물결이 일렁이고 있다.

지금까지 유전 개발과 석유 판매에서 수억 달러의 자본을 확충한 산유국들은, 생산과 유통을 통해 지속해서 부를 축적하기를 바라는 로비가 엄청날 것이다. 반면에 먼 미래와 인류의 생존을 위해 친환경적인 에너지를 개발하는 나라와 기업들은 진도가 아직은 늦은 관계로 둘 사이에서 나타나는 충돌도 많이 목격하게 될 것이다.

실례로, 지난 미국 대통령 트럼프는 기후 위기는 중국이 만들어 낸 조작이라며 파리 기후 협약을 탈퇴했다.

대통령 당선을 위해서는 이렇게 엄청난 인류 생존을 위한 정책마저도 뒤집는다. 이 친환경 에너지 정책이 미국의 경제를 위축시킬 수 있다는 이유에서다. 이 거대한 물결은 분명히 커다란 변화의 구조조정에 직면하게 마련이다.

첫 번째, 기후에 의한 산업 구조조정

인류와 동식물의 생존을 위해, 우리의 정상적인 농사와 먹거리 확보를 위해 탄소 중립을 위한 국제간 협의와 조약은 분명해질 것이다. 지금 이 시각에도 캐나다와 하와이, 스페인 등 지구촌의 1,500군데가 넘는 울창한 산림이 불타 사라지고 있다. 지구촌 어느 곳이라도 앞으로는 더 이상 파리 기후 협약을 뒤집는 공약으로는 정치적 지지는 못 받을 것이다. 지금 도 전 지구인이 불타는 여름 숲을 모두가 목격하고 있기 때문이다.

이는 곧 생존 게임이다. 국가와 기업이 이런 국제적 흐름에 잘 순응하겠지만, 그렇지 못한 기업이나 국가가 분명히 나타나게 마련이다. 기존 기업은 체질 변화라든가 사업부의 폐쇄, 조직 신설과 같은 많은 변화에 적응해야 한다. 저자는 기후가 가져온 산업 구조조정의 1차 경험자로서 책을 쓰고 미리 알려 드리는 것이다. 본인은 이를 '기후 산업 구조조정'으로 정의하고자 한다.

이런 구조조정에 준비하지 못한 이들의 사업 실패나 극단적 선택 등이 지방정부, 국가, 개인과 많은 사회 갈등을 불러올 수도 있다.

우리 한국은 이런 모든 현상을 불과 60년 만에 1차 산업혁명에서 4차 산업혁명까지의 에너지 변화와 향후 구조조정의 변화까지 경험하는 나라가 된다.

이제는 우리 미래 세대가 겪어야 하는 과제이므로 세대 간의 소통으로 미리 대처해 나가야 할 것이다.

두 번째,

앞서 언급했듯이, 우리 한국 사회는 서양이 300년이 겪은 경제 변화의 시계를 불과 짧은 50년 반세기에 이룬 지구상에 유일한 민족이다. 그 경제 개발 시대에 현재의 대한민국을 이룬 주역들은 일명 베이비붐 세대로서 이제 산업현장을 벗어나 미래 세대에 바통을 넘기고 먼 노후를 준비하는 시간이다. 긴 노후를 각자의 잘 짜인 시간표에 따라 건강한 노후를 맞이하는 방법의 하나로 몇 마디를 언급해 보았다. 나 역시 이 시대에 속한다.

대한민국에 태어나 60년 가까이 살아보니, 서양의 300년의 삶을 압축해서 산 것처럼 나 개인 스스로는 자랑스럽다고 자부

한다. 섬 소년 시절, 전기와 수도, 자동차와 다리가 없는 경남 남해도에서 갓을 쓴 할아버지가 거리에 다니는 조선시대의 끝자락을 보고 자랐고, 남해군에서 13년을 살고 여러 도시에서 46년을 살고 있다.

나는 아직 59세 청년이다. 유엔에서 65세까지를 청년으로 정했으니, 최소 75세까지는 생산적 활동에 종사해야겠다고 생각한다.

생산의 개념도 폭넓게 봐야 한다. 반드시 공장에서 제품을 만드는 것만이 생산이 아니다. 현재 학생이 선생님을 폭행하고, 선생님은 극단적 선택을 하고, 무엇이 정확한 팩트인지 알지 못하는 미디어의 홍수 시대이다.

분명하게 마음을 일깨워 주는 것도 생산이요, 희망을 잃어가는 계층에 넓은 마음으로 다가가고 경험을 공유하는 것도 생산이다. 우리 대한민국에서 현재를 살고 계시는 어른 세대와 우리 베이비붐 세대는 많은 경험을 바탕으로 미래세대와 원활히 소통해야 한다. 그들의 삶과 경험 속에 지구촌 어느 나라도 경험하지 못한 그들의 60-70년 세월 속에 서양의 300년의 역사가 들어있기 때문이다.

은퇴하는 많은 산업화시대 세대분은 그동안 잠들어 있던 본인들만의 소질과 취미를 잘 활용해서 멋진 노후를 보낼 준비를 해야 한다. 이책을 읽는 분들께 그런 모티브가 되기를 바란다.

그리고 지금 초중고 대학생들과 미래를 준비하는 취업준비생, 그리고 젊음의 열정으로 자기 분야에 매진하고 있는 청춘 세대도 하루하루를 멋지고 알차게 직장과 가정에서 꿈을 펼치시길 기원한다.

사람은 모두가 각자의 생각과 삶이 존재한다. 서로의 가치는 모두 존경받아야 한다. 이 세상은 공장에서 생산된 제품만이 똑같은 것이다. 서로의 생각과 의견이 다른 것에 다양성을 인정하고 멋지게 공감하며 넓은 마음으로 살아가기를 바란다.

세 번째

사실 이 책은 머리말과 맺는말만 읽으면 모두 읽는 것과 같다. 이 책은 기후는 곧 우리 삶이요 생존이라는 측면에서 시작했다. 결국 작은 실천이 모여 이룰 수밖에 없다는 결론이다. 또 누군가는 정치의 계절이 다가오면, 대한민국 수도권 그린벨트를 풀어 아파트단지를 개발해서 신도시를 만들어 공급하겠다는 달콤한 공약으로 국민을 현혹할지 모른다. 불과 몇 년 전에 등장했던 공약이니 말이다.

이 책은 여행 블로그가 아니다. 오로지 우리 삶의 터전을 잘 지켜 미래 세대에 그대로 전해주자는 소박한 바람을 담은 것이다.

필자는 정치조직, 환경단체, 그 밖의 어떤 조직이나 종교에 가입하여 활동하는 사람도 아니며, 아직까지 무신론자이다.

단지 요즈음 호주, 캐나다, 유럽 지역과 최근 하와이 산불처럼 한여름의 고온과 허리케인이 결합하여 도시와 산림을 태우고, 해류의 흐름이 느려지며 온도는 상승하는 등의 지금까지 볼 수 없었던 일들에 대한 우려와 걱정이 앞서기 때문이다.

꿀벌이 사라지고 있고, 바다의 물고기들이 고수온에 폐사하고 농산물 생산도 기후 위기로부터 위협받고 있다.

뜨거운 태양 아래 다양한 동물과 식물들이 생존의 위험에 노출될 때 우리 인류도 결코 안전할 수 없다. 우리 모두 깊이 생각해 볼 일이다.

평소 여러 가지 현상을 보고 노트하고 스케치하는 취미가 있어, 이 소중한 문화유산을 잘 지켜나가야 하지 않을까 하는 생각에서 중간에 스케치와 손 글씨를 넣었다.

짧은 문장과 스케치로 누구나 쉽게 이해하도록 노력하였다.

이렇게 훌륭한 문화유산을 기후 위기로부터 지켜 나가야 하지 않을까하는 작은 의무감에서이다.

풍력발전소 설치된 태백 바람의 언덕